D E A R + N O V E L

もしも僕が愛ならば

松前侑里
Yuri MATSUMAE

新書館ディアプラス文庫

S H I N S H O K A N

もしも僕が愛ならば

目次

イラストレーション／金ひかる

もしも
僕が
愛ならば

1

九月の半《なか》ばの日曜日。残暑の陽射《ひざ》しが、ケヤキ並木の歩道に濃い影を落としているけれど、吉祥寺《きちじょうじ》の街には、秋の訪《おとず》れを感じさせる爽《さわ》やかな風が吹いていた。

「あ……」

IE《イエ》 Café《カフェ》と書かれた扉を開けた瞬間、美邦《みくに》は心がふわりと広がるのを感じた。

居心地のいいカフェは、最初に入ったときの印象と空気でわかる。

それは、勤《つと》めていた横浜のカフェを辞《や》め、阿佐ヶ谷《あさがや》のアパートでひとり暮らしを始めて約一カ月、勉強と職探しのために、東京じゅうのカフェを見て回って身体で学んだことだった。

第一印象は良好、広さも手頃。細長いビルの二階以上がマンションで、一階がカフェになっている。

店先のデッキテラスには濃いグリーンのシェイドが掛かり、レンガ色のビルと、ゆるやかにカーブを描く並木道と相まって、洒落《しゃれ》た雰囲気を醸《かも》し出《だ》している。

シェイドの下にはテーブル席がふたつ、隅《すみ》には木製のベンチが置かれ、赤いリードにつながれた黒と白のフレンチブルドッグが二匹、いつもそうしているのだという風情《ふぜい》で、心地よさげに昼寝をしていた。

「いらっしゃいませ」

軽やかにドアベルが鳴り、カウンターでコーヒーを淹《い》れているマスターらしき男性が、気さくな笑顔で声をかけてきた。

そう広くはない店内には、カウンター席と、大きな一枚板のテーブル席がひとつだけ。けれど椅子がゆったりと置かれているので、どこに座っても居心地がよさそうで、ノートや書類を広げることもできるだろう。

カフェにはそれぞれ、オーナーが選んだコンセプトがあるが、このカフェのそれはとてもわかりやすかった。

IEと書いてイエと読むのは、そのまんま『家』のことらしい。

コーヒーと紅茶、日替わりのモーニングプレートとランチ、そして本日のスイーツと、メニューはじつにシンプルで、常連客も通りすがりの一度きりの客も、皆同じテーブルで同じものを口にする。そう、まるで家で出されるごはんやおやつのように。

さっそく、コーヒーとスイーツをオーダーしてみたが、丁寧《ていねい》に淹れたコーヒーは深い味と香りで、ナッツとベリーの入った手作りのパウンドケーキも、心のこもった温かな味がした。

心に描いていた、理想に近い。そう思ったら、ここで働きたいと心が言った。

美邦が希望しているのはキッチンスタッフだったが、求人のポスターに書かれていたのは、臨時雇《りんじやと》いのウェイターだった。

こんなにも胸が高鳴っているのに、どうやら縁がなかったらしい。

がっかりはしたが、お気に入りのカフェが見つかって嬉しくもあった。

カフェでいちばん大事なことは、一度来た客がまた来たいと思える空間であること。

そう、この店のように……。

カウンターの中で、マスターが幸せそうな表情でコーヒーを淹れるのを見つめながら、美邦はほっとため息をついた。

今頃、なにをしているだろう。

いつか脱《だつ》サラして、カフェのマスターになりたい。おいしいコーヒーと心のこもったごはんを出す、小さなカフェの。

その人が口にした夢のために、将来の進路を決めてしまうほど、好きだった。

彼は会社から戻ると、毎晩ネルドリップのコーヒーを淹れる練習をしていた。やさしい思い出も苦い思い出も、だから、コーヒーの香りとつながっている。

端《はな》から打ち明けるつもりのない一方的な想いだったけれど、彼の役に立てるかもしれないと思うと、それだけで嬉しかった。

結局、自分に残ったのは、彼のために身につけた料理の技術だけだった。でも、幸《さいわ》いにもそれは間違った選択ではなかったらしい。

　離婚した母が再婚するまでの数年間、毎日の夕飯の支度で慣れてはいたが、調理師学校での勉強で、料理の奥の深さに惹《ひ》きつけられ、やればやるほど料理人は自分に合っている職業だとわかった。

「ごちそうさまでした」

　美邦が笑顔で言うと、人の好《よ》さそうなマスターは、「またお越しください」と笑った。

　ドアベルの音に送られて外に出たとたん、

「一週間だけのウェイターか……」

　未練たらしく、扉の横の貼《は》り紙《がみ》にため息をつく。

　けれど、こういうものはタイミングだから仕方がない。美邦はあきらめて店をあとにした。

　が、マンションの角を曲がろうとしたとき、

「このあと、どこに行っちゃうんだろうなぁ」

　男の声に、足を止めた。

　自分が声をかけられたのかと思って振り向いたが、もちろん、そうではなかった。

　非常階段の下に設《もう》けられた、きちんと片付いたゴミ集積所《しゅうせきじょ》に、三十歳くらいの、すらりと背の高い銀縁《ぎんぶち》メガネの男性と、彼の子供らしき五歳くらいの少年がいて、粗大《そだい》ゴミの棚に置かれた鉢《はち》植えを見つめている。

うす紫《むらさき》の花が咲き、まだ蕾《つぼみ》もいくつかついているのに、セロファンとリボンのラッピングが施《ほどこ》されたままで、おそらくは贈られたものを、誰かがなんらかの理由で、飾ることなく捨てたのだろう。

そんな可哀想《かわいそう》な花を、ゴミ置き場から持ち帰るかどうか、親子で思案《しあん》しているらしい。

微笑《ほほえ》ましい場面に行き当たり、美邦は口元に笑みを浮かべた。

そして、がっかりしたあとに、ちょっといい気分になれたことに感謝しつつ、その場を立ち去ろうとした。そのとき、

「連れて帰って、三人家族になるっていうのはどうだろう？　ごはんは作ってくれないと思うけど、美人だぞ」

男が少年に言った。

短い言葉の中には、美邦にとって人ごとには思えない情報が含まれていた。

この男には今、妻がいないらしい。そして、この子にとっては母親が……。

胸に微《かす》かな痛みを覚えながら、美邦は親子を見つめた。

父親は、やさしげな面差《おもざ》しにメガネがよく似合い、子供にかける言葉の選び方は、彼の持つ雰囲気と合っていた。まだ幼く愛らしい少年は、明らかに彼似で、受け継いだよいものをその姿に宿していた。

しばし考えたあと、少年が小さくうなずくのを見て、男はふっと笑みを浮かべた。

「この花の名前はクレマチス。今日から家族だ。仲良く暮らそうな」

鉢を手にとり、空《あ》いているほうの手で少年の手を握《にぎ》った。

大きな手の中の、小さな手。大切に抱えられて、ほっとしている淡い紫の花。

心が震えるような、胸の奥から温かいものがこみあげてくるような……それは、美邦にとって久しぶりに感じる、幸せな感情だった。

よかったね……。

捨てられた花が家族として迎え入れられるのを見て、なぜか自分が救われたような気持ちになった。

理想のカフェを見つけたが、そこでは自分が必要とされていなかった落胆《らくたん》も、この瞬間に帳消《ちょうけ》しになっていた。

でも、それだけなら、嬉しい気持ちになってこの場を立ち去っていただろう。

とくべつ顔が似ているわけでもない、見知らぬ親子。けれど、父親の子供にかける言葉の温《ぬく》もりが、大好きだった兄を思い出させ、少年の子供らしからぬ表情に、義姉《あね》を亡くしたあとの甥《おい》の顔が浮かんできた。

胸の痛みと同情。通りすがりの他人に、そんな感情を抱かれて、相手は迷惑なだけかもしれない。でも……。

美邦はその場を動くことができず、ふたりの姿がマンションの中に消えていくのを見届けた。

そして、気がついたときには、さっき出たばかりのカフェの中へ再び戻り、

「ウェイター募集の貼り紙見たんですけど……」

カウンターのマスターに声をかけていた。


「コーヒーは俺の担当で、厨房《ちゅうぼう》で料理をしてるのが奥さんの多喜《たき》。でもって……」

マスターの大島温志《おおしまあつし》は、美邦をスタッフルームに招き入れると、いきなり自己紹介をし、

「こっちは武田健介《たけだけんすけ》、二十歳《はたち》。募集したのは、こいつのピンチヒッターなんだ」

白いシャツに黒いカフェエプロンをした、長身の青年を紹介してくれた。

短期のウェイターのアルバイトは、彼が劇団の公演で一週間休みを取るためなのだそうだ。

面接なのに、どうしてそんなことまで教えてくれるんだろうと不思議に思っていたら、

「スレンダーで甘いマスク、清潔感のある明るい髪、きれいな指……ルックスで合格！　明日から来てくれる？」

温志は履歴書《りれきしょ》も見ず、美邦を採用してくれた。

いくら一週間の臨時雇いだからといって、そんなことでいいんだろうか。美邦がぽかんとしていると、

「大丈夫。俺のときもそうだったから」

浅黒い肌に、切れ長の目。健介は白い歯を見せ、爽やかに笑った。

「てことで、健ちゃんは明日からの仕事のこと教えてやって……」

「ちょっと、温志っ」

温志の言葉を遮《さえぎ》り、白衣《コックコート》姿の美人が厨房から飛び出してきた。

「女性客を呼べるからって、見た目だけで選んじゃだめだって言ったでしょ」

いきなり温志の後頭部を叩いた。

「健ちゃんのときは、たまたまいい子だったからよかったけど、面接っていうのは顔見るって意味じゃないんだからね」

多喜はショートボブの髪にバンダナをきっちりと巻きつけ、しゃきしゃきとした話し方で、呑気《のんき》そうな夫とは逆のキャラクターのようだった。

「葛原《くずはら》美邦……二十二歳？」

美邦が差し出した履歴書を一瞥《いちべつ》し、

「こっちは働いてくれればそれでいいけど、君は一週間のバイトでいいわけ？」

怪訝《けげん》そうな顔をする。

美邦がうなずくと、多喜は胡乱《うろん》な表情のまま、

「犬は好き？」

と言った。

聞き間違いかと思い、美邦は瞬《まばた》きをした。

一ヵ月前までキッチンスタッフとして働いていた店では、履歴書を見せると、いきなり厨房に連れて行かれ、オムレツを作ってみろと言われた。

それならば、洋食の基本だからわかるけれど……。

「犬が好きかどうかって、そんなに考えないと答えられないほど難しい質問？」

多喜に急《せ》かされ、美邦はあわてて「好きです」と答えた。

犬というのは、もしかすると、外のベンチに繋《つな》がれていたフレンチブルドッグのことかもしれない。夫婦の飼っている犬で、カフェの看板犬なのだろう。

「じゃあ、人間の子供はどう？」

多喜はつづけて訊《たず》ねた。

「好きですけど……」

答えながら、美邦は店内を見回した。

「けど、なによ？」

多喜の物言いは少しこわかったが、そのぶん仕事はできそうで、気風《きっぷ》のいい姉御肌《あねごはだ》の女性に思えた。

「好きです。得意です」

美邦が素早く答えると、多喜はぱっと笑顔になり、

「採用するわ。明日から来てちょうだい」

頭を叩かれた夫と同じく、履歴書はろくに見ず、美邦をあっさり採用してくれたのだった。


どんなにいい食材を選んでも、どんなにおいしくても……食べさせる人のいない料理を作るのは、書き送った手紙を読んでもらえないようなものかもしれない。

アパートの狭いキッチンに立ち、ひとりぶんの夕食を作りながら、美邦は甥といっしょによく歌った、『やぎさんゆうびん』を口ずさんでいた。

元気を出そうと思えば思うほど、気持ちが落ちていたのに……自然に歌がこぼれるなんて、久しぶりのことだった。

兄が再婚し、兄と甥の三人で暮らしていた家を出て、同じ街の勤め先のカフェも辞め、このアパートに越してきて一ヵ月。ずっとひとりだった。

思えば、自分の家庭環境は、幼い頃に母が離婚したり再婚したりで複雑だったが、けして寂《さみ》しい思いをすることはなかった。

母は明るく前向きな女性で、美邦の作る夕飯をいつも喜んで食べてくれていたし、再婚相手の二度目の父もおおらかで楽しい人だった。そして、再婚の連れ子同士で兄弟になった十歳年上の兄は、美邦のことを本当の弟のように可愛《かわい》がってくれた。

そんな兄に恋をしているとわかったのは、高校一年のときだった。もともと年上の男性に惹かれる傾向《けいこう》はあったが、自分がゲイだとはっきりと気づいたのはその頃だった。

兄には長くつきあっている彼女がいたので、そのどちらも打ち明けることはできなかったけれど……兄が結婚したあとも、胸に秘めた想いは変わることはなく、義姉が仕事で海外赴任《ふにん》をしているあいだも、事故で亡くなったあとも、兄が再婚するまで、当然のように兄と甥の身の回りの世話を引き受けていた。

だから、見知らぬ街での、職探しをしながらの初めてのひとり暮らしは、身に沁《し》みて寂しかった。

けれど明日から一週間、新しい居場所ができた。

希望とは違う職種、しかも短期のアルバイトだったが、理想のカフェで働けることと、あの親子に会えるかもしれないという期待があって、飛び込んでしまった。

兄と甥に、年格好《としかっこう》と境遇が似ている親子。楽しい思い出と同じだけ、思い出すとつらい出来事があったのに……。

どうしてこんな気持ちになってしまったのか、自分でもよくわからない。

ひと目惚れとか、懐かしいとか、そういうのとは似《に》て非《ひ》なる感情だった。

そう、喩《たと》えるならば……。

丁寧に作った料理を、あの親子にも食べてほしい。そんな気持ちなんだと思う。

終わりが一週間後に来ることがわかっていても、新しいことを始める日は、やっぱり心が浮き立つ。

心地よい緊張と、ほんの少しの期待。嬉しくてつい、時間よりも早く店に来てしまった。

「いい心がけだわ」

多喜に褒《ほ》められ、美邦は気まずい笑みを浮かべた。

まずは短いスタッフミーティングがあり、モーニングの客が来るまでに、店の前の歩道やデッキテラスと店内の清掃《せいそう》をする。ここまでは、今までいた店でやっていたのとほぼ同じだったが……。

「悪いね。こんなことまでさせて」

マスターの温志が申し訳なさそうに、美邦に二本のリードを渡した。

つながれているのは、昨日ベンチで昼寝をしていた二匹の犬だった。

動物好きの美邦は、ちっとも悪くないというふうに笑顔で首を横に振った。

フレンチブルドッグの兄弟は、黒がサブレで、白がスフレ。人懐《ひとなつ》っこい性格で、散歩に連れていってもらえることがわかると、美邦の足にころころとまつわりついてきた。

そして、犬の散歩にはもうひとつ、思いもかけないサプライズがついていた。

「事情があって、昼間うちで預かってるんだけど……スタッフルームで本読んだり絵描いたりしてるだけだから、運動不足にならないように散歩させてるの。犬といっしょに連れてってほしいんだけど、かまわないわよね？」

そう言って、多喜が連れてきたのは、あのゴミ置き場で見た少年だった。

温志と多喜の夫婦は、店舗の上の二階に住んでいて、同じマンションの三階に住む親友の子供を預かっているのだという。

ウェイターとは関係のない仕事を頼むのに、温志とは逆に、多喜は当然という態度だったが、

「ぜんぜんかまいません」

美邦は笑顔で答えた。

「名前は瞬《しゅん》。いつも呼び捨てだから、ちゃんとかくんとかつけないで瞬って呼んでやって。話しかけても答えないけど……無口な子だって思えば大丈夫よね？」

多喜の言葉に、美邦は思わず訊《き》き返《かえ》した。

「人見知りなんですか？」

「しゃべれないの」

「え？」

「この子の父親と奥さんが離婚したあと、ショックだったんでしょうね。急に口きかなくなって、保育園にも行かなくなったらしいわ」

離婚だったのか……。

幼い子供にとって、母親がいなくなることは大事件だ。ショックで話せなくなったとしても、不思議じゃない。

美邦が黙り込んでいると、

「空《あ》き部屋がちょうどあったし、温志がここに越してこないかって言って……うち犬がいるでしょう。それがよかったみたいで、笑顔見せたり、うなずいたり首振ったりして、ちゃんと意思表示するようになったのよ」

多喜が安心させてくれた。

「私も温志も、まだ瞬と会話したことないけど、ちゃんと仲良くやれてるから、子供好きの葛原くんなら大丈夫よね？」

多喜は美邦の背中を軽く叩いた。

「あの、この子のお父さんは？」

「まだ寝てるわ。仕事のムシなの。夜遅くまで本読んだり論文書いたりしてて、早起きは苦手なのよ」

「……」

美邦は思わず、瞬に同情の眼差しを送った。

「なによ。臨時のバイトが、そんなことまで心配しなくていいでしょ。モーニングの時間に間に合わなくなるから、さっさと出発しなさい。あ、それからこれ」

多喜が、磨《みが》いたみたいにピカピカの五円玉をふたつ差し出した。

まさか、お駄賃《だちん》？　美邦が首をかしげると、

「公園の弁天《べんてん》さまに、ご縁がありますようにじゃなくて、今日一日の商売繁盛《はんじょう》をお願いするのよ」

多喜は真剣な顔で言った。

「公園に神社があるんですか？」

「そうよ。お願いごとは、お世話になってる土地の氏神《うじがみ》さまにするのが、どんな由緒《ゆいしょ》正しい神社や有名なパワースポットに行くより効《き》くの。って、慎《しん》ちゃん……この子の父親の受け売りだけどね」

「この子の？」

「ああ、もう。いろいろ説明してる暇ないの。さっさと出発しなさい」

多喜は少しイライラした口調になり、美邦の背中を押し、店の中へ入ってしまった。

「口は悪いけど、根はやさしい女だから」

温志は苦笑いをし、

「瞬、お兄ちゃんに散歩コース教えてやってくれよな。仕事に間に合うように、いつもの時間に連れて帰れるよな？」

瞬の頭をやさしくなでた。

瞬は、大丈夫というふうにうなずいた。

「じゃあ、行こうか？　じゃなくて、連れてってくれる？」

美邦が手を差し出すと、瞬はじっと目を見つめ、おずおずと手をつないだ。

美邦は、胸の中でほっと息をついた。

どうやら、受け入れてもらえたらしい。


朝の井《い》の頭《かしら》公園は、思っていたよりも人が多く、池の周囲をウォーキングやランニングをする人や、犬の散歩をさせる人で賑《にぎ》わっていた。

公園に広がる井の頭池に架《か》かる七井橋《なないばし》の上を歩いていくと、三鷹《みたか》方面の住宅地から、通勤通学らしい服装の人たちが流れてくる。

けれども、植物と土の匂いを含んだ空気は、昼間のそれとはまったく違っていて、橋を渡り切り、池沿いの遊歩道へと入っていくと、鳥の声も木々のざわめきも、澄んだ大気の中で、昼間よりも鮮明《せんめい》に聞こえる気がした。

やがて右手に、小島に架かる朱色の太鼓橋《たいこばし》が現れ、弁財天《べんざいてん》の社《やしろ》へと辿《たど》り着《つ》く。

人影はまばらで、境内《けいだい》には心落ち着く線香の香りが漂《ただよ》っていた。

「ありがとう。こんな素敵な場所に連れてきてくれて」

ひんやりと冷たい水を柄杓《ひしゃく》で手にかけてやりながら、美邦は瞬に言った。

瞬は両手を見たまま、小さくうなずいた。

そのはにかんだような横顔を見ながら、温かな感情といっしょに、微かな疼《うず》きを覚え、美邦は心の中でつぶやいていた。

この子のために、なにかしてやりたい。

でも、アルバイトの身ではできることは限られている。

美邦は瞬といっしょに、ピカピカの五円玉を賽銭箱《さいせんばこ》に投げ入れ、手を合わせた。

そして、多喜に念を押された商売繁盛を祈ると、もうひとつお願いごとをした。

瞬がしゃべれるようになりますように……と。


散歩を終えたあと、カフェエプロンを渡され、やっとウェイターらしい仕事が始まった。

けれど、そのことよりも、瞬の父親に再会……正しくは初対面《はつたいめん》するのが楽しみだった。

瞬の父親の名前は矢上慎一《やがみしんいち》。温志と多喜の大学時代の同級生で三十一歳、地元の大学の民俗学《みんぞくがく》の准教授《じゅんきょうじゅ》なのだそうだ。

カフェで働いていれば、姿を見ることができるかもしれないと思っていたが、昼間に瞬を預かっているだけでなく、親子は毎朝、このカフェで朝ごはんを食べる常連客でもあったのだ。

慎一は店に入ってくると、瞬の待つカウンター席にやってきた。

多喜が言っていたとおり、瞬が散歩に行っているあいだ眠っていたらしく、いかにも寝起きの顔をしている。

「お父さんはいつも寝坊なの？」

こっそり囁《ささや》くと、瞬はこくりとうなずいた。

昨日かけていたメガネはYシャツの胸ポケットに、頭には寝癖《ねぐせ》、一応ネクタイをしているが、結び目が歪《ゆが》んでいる。

兄にしていたように、直してあげたい衝動《しょうどう》にかられたが、初対面の客にいきなりそれはまずいだろう。

「おはようございます」

ここでは、朝食を食べに来る客には『いらっしゃいませ』ではなく、『おはようございます』と声をかけるのが習慣なのだと、多喜に言われた。

「おはよ……ん？　健ちゃん……なんか雰囲気変わった？」

慎一はまだ寝ぼけているらしく、あくび交《ま》じりの声で言った。

「健介じゃなくて、葛原美邦くん。公演が終わるまで、臨時のウェイター雇うって言っただろ？」

カウンターの中でコーヒーを淹れながら、温志が美邦を紹介してくれる。

「ミクニって、美しい国って書くの？」

慎一は、胸ポケットを探りながら訊いた。

「あ、はい。異邦人《いほうじん》の邦ですけど……」

「異邦人か……いいね」

なにがいいのかわからなかったが、メガネ越しの笑顔は、昨日ゴミ置き場で見たのと同じだった。

「今日からさっそく、瞬の散歩も行ってもらったんだよな」

温志が笑いかけると、瞬は小さくうなずいた。

「犬と子供の散歩つきのウェイターなんて、よく引き受けたね」

「……」

慎一の言葉に、美邦はきょとんとなった。

「自分の子供が世話になってるのに、なんちゅう言い方するんだよ」

温志が窘《たしな》めると、

「そうだったな。悪いね、息子が面倒かけて」

慎一は笑いながら、オマケみたいにそんなことを言った。

「子供も犬も好きですから、ご心配なく」

ちょっとむっとしたのを抑《おさ》え、美邦は笑顔で答えた。

「犬もだけど……べつにしゃべらなくても、こっちの言ってることはわかってるから、外人や異星人とつきあうよりはラクだろ？」

自分が原因をつくったというのに……慎一は、息子が口をきかないことを、そんなふうに冗談めかした。

「べつにしゃべらなくてもって、どういう意味ですか？」

美邦は思わず、怒った声で言っていた。

「大学の先生がしゃべらなかったら仕事にならないけど、五歳児ならそれほど不自由はないって意味だよ」

「……」

どういう言い草だろう。悪びれもせず答える慎一に、美邦はあっけにとられていたが、

「瞬、ニンジン食べるといいことがあるぞ」

慎一は気にする様子もなく、瞬の皿へサラダのニンジンを移動させた。

瞬はじっとニンジンを見つめ、嫌そうにフォークの先で皿の端《はし》に寄せた。

親子してニンジンが苦手らしい。というか、親が好き嫌いを注意するならともかく、自《みずか》ら率《そっ》先《せん》してそういうことしますか？

最初に見たときの、やさしく頼れそうな父親像が焼きついて離れなかったのだけれど……。

美邦は当てがはずれたような気分になり、

「……ごゆっくりどうぞ」

引きつった笑顔で言い、厨房のほうへ立ち去った。

そう、もう一度姿を見たいと思っていたその人は、第一印象とはかなり違っていたのだ。

やさしい声、笑顔。そして、捨てられた花を家族として連れ帰った人。

そんな人が、浮気が原因で妻に捨てられたなんて……。

昼休み、慎一に関する予想外の事実を温志に聞かされ、第一印象とはなにか違うと感じたのは、どうやら正解だったことがわかった。

瞬が口をきかなくなったのは、慎一のせいなのに……。

『外人や異星人とつきあうよりはラクだろ？』

冗談で笑い飛ばすことじゃないと思う。

ほんの一瞬でも、カッコよくてやさしい、自分の兄のような、頼りになる父親だと思ったのに……。

母親を亡くしたときの甥を知っているから、瞬の身に起きたことを、他人ごととは思えない。

五歳の子供にとっては、大人が思う以上に大変な出来事だったはずだ。

世間ではよくある夫の浮気が原因の離婚で、誰が見ても子育てに向かない男のもとへ、こんなに可愛い子供を置いていく妻も不可解だったが……それにも増して、原因をつくった本人が、どうしてあんなに能天気なのかが理解できなかった。

民俗学の先生などという人種は、どこか浮世離《うきよばな》れしているのかもしれないけれど、親友夫婦に子供をまかせ、朝ごはんも毎朝カフェですませているということは、料理などできない……いや、する気がないんだろう。

好き嫌いも、直そうとするどころか悪い見本を見せていた。

自分だったら、三度の食事はもちろん、ニンジンがおいしく食べられる料理を作ってやれるのに、バイトの身ではどうすることもできない。

瞬のために、散歩以外にもなにかできることはないだろうか……。

にこやかにホールで接客《せっきゃく》をしながら、美邦はそのことばかりを考えていた。

2

アルバイトを始めて、三日が過ぎていたが、ウェイターは高校時代の長期休みのアルバイトで毎年やっていたので、とくに戸惑うことはなかった。

悪いけれどとマスターに頼まれた、瞬《しゅん》の面倒をみることも、まったく苦《く》にはならず、むしろ嬉しいだけだった。

美邦《みくに》がホールで仕事をしているあいだ、瞬はスタッフルームでおとなしく本を読んだり、画用紙に絵を描いたりしていて、昼には美邦といっしょに、多喜《たき》の作ったまかないを食べる。

まかない作りは新人の仕事なので、忙しい多喜に代わって自分がと申し出ようかと思ったが、キッチンスタッフとして雇《やと》われたのではない自分には許されることではないだろう。

カフェの厨房《ちゅうぼう》は広くはないが、業務用の冷蔵庫や食器棚、作業台やコールドテーブル、コンロ、レンジ、シンクなどが、動きやすいように配置されていて、すごく使い勝手がよさそうだった。

料理がしたくて腕がうずうずしたが、美邦は与えられたホールの仕事と、瞬の面倒をみることに専念《せんねん》した。

「瞬を外のベンチで日に当ててるから、ときどき声かけてやってね」

布団でも干しているような言い方が可笑《おか》しく、美邦は笑いながらうなずいた。

天気のいい日には、表の歩道に面した、犬連れの客のための席に置かれた木のベンチで、看板犬のサブレとスフレといっしょに絵本を読んでいるのだという。

客足が落ち着いたところで、美邦はデッキテラスに瞬の様子を見に行った。

瞬はベンチに座って絵本を広げ、両隣にサブレとスフレがちょこんと座り、その構図がまるで絵本のワンシーンのようで、美邦は思わず目を細めた。

「あれ……この本は？」

瞬が読んでいたのは、驚いたことに手作りの絵本だった。製本は適当で、中の文章は既成《きせい》の物語を書き写しただけだったが、絵は誰かが画用紙に絵の具で描いたもので、いわゆる世界に一冊しかない本というやつだ。

劇団の公演で休んでいるウェイターの健介《けんすけ》は元美大生で、カフェのショップカードやメニューのデザインも手がけたらしいので、彼の作なのかもしれない。

「すごく素敵な絵本だね」

美邦の言葉に嬉しそうにうなずくと、瞬は急いでスタッフルームに戻り、数冊の絵本を持ってきた。

「え、まだあるの？　これもぜんぶ手描きなんだ」

美邦は驚き、つぎつぎと絵本を開いてみた。

『浦島太郎』、『天女の羽衣《はごろも》』、『かぐや姫』などの民話が、素人《しろうと》が描いたとは思えないきれいな色と、巧《たく》みな筆運びで描かれていた。

でも……。

「どうして、最後まで描いてないんだろ？」

丁寧《ていねい》に描かれているのに、どの本も結末のページが白紙のままなのだ。

不思議に思ったが、一冊だけ『浦島太郎』の本のラストに、瞬がクレヨンで描いた絵があり、謎《なぞ》が解けた。

本来のラストは、玉手箱《たまてばこ》を開けた太郎がお爺《じい》さんになってしまうのだけれど、瞬の描いた絵では、玉手箱の中からケーキが出てきて、太郎とカメが仲良く食べている場面になっていた。

「ケーキが入ってたんなら、めでたしめでたしだよね」

可愛《かわい》いエンディングに、美邦は笑みを浮かべた。

「ほんとの話の玉手箱じゃ、カメを助けた恩返しのお土産《みやげ》とはいえないもんなぁ」

瞬の創《つく》ったラストに感心し、こんどはため息をつく。

自分が子供の頃には、絵本の結末にほかの案があることなど思いもしなかった。でも、ラストが白い絵本を与えられていたら、きっと迷うほどたくさんの結末を考えることができたに違いない。

「ほかの話のめでたしめでたしは、まだ考え中なんだね」

美邦が笑いかけると、瞬は小さくうなずいた。

「葛原《くずはら》くんは、慎《しん》ちゃんと同類なのねぇ」

後ろから多喜の声がした。

「しゃべらない子供を前にすると、たいがいの大人はどう接していいか戸惑うのに、普通に会話できるのね。健ちゃんなんて、最初の一週間はぜんぜん瞬と意思の疎通《そつう》ができなかったのに……」

多喜は驚いていたが、それはただ、自分がこの年頃の子供に慣れているからというだけだと思う。

それに、瞬は大人しいけれど、慣れればとても人懐《ひとなつ》っこい。話ができたら、もっと楽しい時間を過ごせるはずなのに……。

「瞬のこと……このまま、ほっといていいんですか？」

「父親が自然にしてればいいって言ってるのに、周りがどうにかしなきゃって騒ぐのもヘンでしょ。あんなふうだけど、慎ちゃんなりに考えてるみたいだし？」

「……」

そうなんだろうか。美邦は納得のいかない顔をした。

自分が原因をつくったのに、自然にしてればいいなんて、呑気《のんき》すぎる気がする。

美邦が難しい顔で考え込んでいると、

「ていうか、そろそろホールに戻ってくれる？　ほんとに子供好きなのはわかったけど、ウェイターとして雇ったんだからね」

多喜が両手を腰に当て、言った。

「す、すみません」

美邦はあわてて立ち上がる。

ちょっと瞬の様子を見に来ただけなのに、結末のない手作り絵本に感激し、つい長居をしてしまった。


つぎの朝、眠そうな顔の慎一《しんいち》が、なぜか瞬の朝の散歩についてきた。

「もしかして、僕がちゃんと瞬の面倒みてるか、心配になったとか……ですか？」

美邦が理由を訊《き》くと、慎一は頭の後ろを掻《か》きながら、面倒臭《めんどうくさ》そうな顔をした。

「いや……べつに。瞬がいっしょに行こうって、うるさいから仕方なく」

しゃべれないのに、うるさいってどういうことでしょうか？

美邦が不満な顔をしていると、瞬がシャツの裾《すそ》を引っ張った。

「ごめんごめん。行こうか？」

瞬が自然に美邦と手をつなぐのを見て、

「じゃあ、ミニブタ兄弟は俺がつれてくよ」

慎一はそんなことを言い、美邦の手からリードを取った。

「サブレとスフレは、ミニブタじゃなくてフレンチブルドッグです」

美邦が訂正すると、慎一はあははと声をたてて笑った。

わざと言っているのはわかっていたのに、ムキになった自分のほうが馬鹿に思えた。

それにしても……。

ほんとに大学の先生なんだろうか。

最初に見たときの印象のままなら、きっと素直に信じられたけれど、知りあってからのこの人ときたら……。

『臨時《りんじ》のバイトが、そんなことまで心配しなくていいでしょ』

多喜の言葉が聞こえた気がして、美邦は小さく頭を振った。

と、瞬が心配そうに顔を見上げている。

口より多くを語る、邪気《じゃき》のない澄んだ瞳で見つめられると、つまらないことを考えていちゃいけないという気にさせられる。

「なんでもないよ。出発しよっか？」

美邦は元気よく言い、瞬に笑いかけた。


「どうしたんですか？」

美邦は首をかしげ、慎一を見た。

七井橋《ないばし》の手前まで来ると、慎一は急に、美邦に犬のリードを手渡した。

「俺はここで待ってるから、ふたりで行ってきてよ」

そう言って、ベンチに座ってしまった。

「商売繁盛《はんじょう》は地元の氏神《うじがみ》さまにお願いするのがいいって、多喜さんに教えたの、先生じゃないんですか？」

美邦は、皮肉っぽく先生と言った。

「いや、俺の商売は儲《もう》け重視じゃないからさ」

そんなことを訊いたんじゃない。それに……。

「あの……瞬のこととか、お願いしたりしなくていいんですか？」

「君、代わりにしといてよ。弁天《べんてん》さまに好かれそうな顔してるから」

「え？」

「女神さまは、若い男が好きなんだよ」

子供の前で、そういうこと言うかな。

言いたいことはまだあったが、つきあっていたらカフェの仕事に間に合わなくなってしまう。

「じゃあ、若い男ふたりで行ってきます」

美邦はあきらめ、瞬と二匹を連れて橋を渡っていった。

そして、美邦と瞬が散歩と弁財天《べんざいてん》へのお参《まい》りをすませてベンチのところへ戻ってくると、慎一は腕組みをし、踏《ふ》ん反《ぞ》り返った格好《かっこう》で眠っていた。

瞬にねだられ、眠いのを我慢して来たというのは、どうやら本当だったらしい。

「矢上《やがみ》さん、こんなところで熟睡《じゅくすい》したら、風邪ひいちゃいますよ」

美邦はあわてて、慎一の肩を揺すって起こそうとした。

が、ぐっすり眠り込んでしまっているらしく、目を開けてくれない。

腕を引っ張りながら、美邦は声を大きくして言った。

「もうすぐ、朝ごはんの時間ですよ。大学に遅刻……あっ」

慎一に逆に腕を引かれ、ベンチに座ってしまったが、その拍子《ひょうし》に慎一が倒れ込んできて、美邦に膝枕《ひざまくら》をする形になった。

「な、なにしてんですかっ」

美邦は驚いて叫んだが、慎一は気にせず、気持ちよさそうに眠っている。

「瞬、お父さんのこと起こしてくれる?」

美邦が頼んだが、『しー』というふうに、瞬は唇に人差し指を当てている。

そのまま、寝かせてやってほしいと言っているらしい。

でもこれでは、散歩や通勤で公園を通る人たちに、なんだと思われてしまう。

「寝かせておいてあげたいけど、多喜さんが朝ごはん用意して……あ、あれ？」

足元では、サブレとスフレが美邦の足に寄りかかり、休憩《きゅうけい》態勢に入っている。

美邦は困り果て、同情を誘うような顔をしてみせた。

「僕が遅刻して、多喜さんに叱られてもいいの？」

美邦の訴《うった》えに、けれど瞬は、嬉しそうに大きくうなずいた。

しょうがない父親だと思っていたけれど、瞬にとっては大好きなお父さんなのだろう。

にこにこしている瞬に、美邦はなんだか自分まで嬉しくなってきてしまった。

「瞬は、お父さんのことが大好きなんだね」

美邦が笑顔で言うと、瞬はさっきよりも大きくうなずいた。


『困った親子ねぇ』

仕事に遅刻した理由を話すと、多喜は微笑《ほほえ》ましそうに笑った。

慎一の困った一面を昔から知っているせいか、多喜の受けとめ方はひどく寛容《かんよう》で、叱られなかったことにほっとしながら、釈然《しゃくぜん》としなかった。

子供は正しいことを言う人よりも、面白いことをする人を好きになるものだけれど、子供に好かれるというだけでは、子育てはできないと思う。

甥《おい》の面倒を一年半みていた美邦は、そのことを身をもって実感しているから、慎一に好感は持っても、安心することはできずにいた。

かといって、勤務時間中に自分が瞬にしてやれることには限りがあり、ましてや子育ての仕方は、他人が口出しするようなことじゃない。

瞬と過ごせる時間は、もう三日しか残っていなかった。

スタッフルームのテーブルに多喜の焼いたホットケーキとミルクを運んでいくと、瞬はちょうど、サブレとスフレの絵を描き終わったところだった。

瞬にお手拭《てふき》を渡しながら、美邦はスケッチブックを覗《のぞ》き込《こ》む。

「わ……すごいな。モデルが目の前にいないのに、なんでこんなにうまく描けるんだ？」

実物よりもややつぶれているけれど、フレンチブルドッグの顔や体形の特徴《とくちょう》をつかみ、人懐っこい兄弟の性格が滲《にじ》み出《で》ている。

そして、サブレとスフレの絵の横には、たどたどしい文字で、『ぶーちゃん』『ふーちゃん』と書いてあった。

可愛い。瞬の文字を見て、美邦は口元に笑みを浮かべた。

「瞬はもう、ひらがなが書けるんだね」

美邦が感心していると、多喜が部屋に入ってきた。

「文章はまだ無理だけど、人やものの名前は書けるの。慎ちゃんが、しゃべれなくても見ることはできるんだからって……絵本作ってやったから」

多喜の言葉に、美邦は目を見開いた。

「この絵、まさか……矢上さんが描いたとか？」

美邦が驚いた顔をすると、多喜はくすっと笑った。

「そのまさか。瞬の絵がうまいのは、慎ちゃんのＤＮＡね」

「でもこれって……絵本画家になれそうなくらいうまくないですか？」

「仕事に夢中で、こっちの才能は瞬のためにしか使わないみたいだけどね」

瞬のために……だけ。

美邦はなにも言えず、絵本を見つめた。

浮気をして奥さんに逃げられたり、いいかげんな子育てをしたり、だめな父親だと思っていたけれど……。

瞬が慎一を大好きな理由が、なんとなくわかってきた。

初めて見たときに感じた、第一印象はやっぱり思い違いなんかじゃなかった。

「瞬のお父さんは、ちょっと変わってるけど……素敵な人なんだね」

瞬のやわらかな髪をなでながら、美邦は言った。

慎一の言うように、きっと時間が経《た》てば瞬はまた言葉を話すようになるだろう。

勝手にしょうがない父親だと思っていたことを、本人に謝るわけにもいかず、美邦は翌日、
モーニングプレートとコーヒーを、まだ寝ぼけた顔をしている慎一のテーブルに運びながら、
心をこめて言った。

「おはようございます」

「おはよう」

慎一はメガネをかけ、眠そうな顔で笑った。

自分なんかが心配しなくても……この人がいれば、瞬は大丈夫。

そのことがわかっただけでも、このアルバイトをしてよかった。


理想のカフェでの仕事と、瞬といた幸せな時間は、紅茶に落とした角砂糖が溶けるように過ぎ去っていった。

借りていたカフェエプロンを返し、アルバイト料を受け取れば、この場所とは縁が切れてしまう。瞬といっしょに散歩に行くことも、絵本を読んでやることもできなくなる。

多喜が手作りのおやつを与えていたから遠慮していたが、一度くらい自分の作った菓子を瞬

に食べさせてやりたかった。

そんなふうに思いながら、最後の掃除をすませ、アルバイト料を受け取りにスタッフルームへ行くと、

「葛原くんの送別会に、今夜だけのダイニングバーをオープンするわ。とっておきの赤ワインがあるの」

突然、多喜に言われた。

「一週間のバイトに、送別会なんてとんでもないです」

美邦はあわてて断ったが、

「働いた時間の長さなんて、関係ないでしょ。そんなことより、ちょっと手伝ってくれる？」

美邦の言葉を軽く流し、多喜はにっこりと笑った。


「二十分あれば、なんとかなるわね」

厨房に入ると、多喜は冷蔵庫の中から素材の入ったバットを取り出し、作業台に並べた。

なるほど、どれもすでにきれいに下ごしらえが施《ほどこ》されている。

もしかして、送別会の料理を手伝わせてくれるのだろうか。美邦はどきどきしながら、多喜の指示を待った。

「私、ほんとは酒の肴《さかな》が得意なの」

多喜は嬉しそうに言った。

カツオとキムチの和《あ》え物《もの》、グリルすればいいだけになった、ベーコンを巻いたアスパラや、赤ワインベースのタレに漬《つ》け込《こ》んだスペアリブ。鍋には大根とソーセージの煮込みが用意され、どれも赤ワインがすすみそうな料理だった。

肴作りが得意なだけでなく、飲むほうも得意ということらしい。

「ほんとはワインを出せるダイニングバーをやりたかったんだけど……温志《あつし》が夜遅いのが苦手だから……あ、このことはナイショね。絶対に言っちゃだめよ」

自分はもう今夜でいなくなるのに、多喜はしっかりと念を押した。

なんでも強引に仕切っているようで、夫の願いを優先しているなんて、やっぱり多喜は可愛い女性だ。

「で、僕はなにをすれば？」

美邦が訊くと、多喜は白いエプロンを差し出し、

「慎ちゃんといっしょに瞬も呼んであるから、ここにある材料で、なにか子供の喜びそうなスイーツ作ってやってくれない？」

コールドテーブルの中から取り出した食材を、その上にきれいに並べた。

「僕が作って……いいんですか？」

美邦が目を輝かせると、多喜はふっと笑った。

「タダ働きさせられて嬉しいの？」

「はい」

美邦は笑顔で答えた。

憧《あこが》れのカフェで、しかも瞬のために、最後に厨房を使わせてくれる多喜に感謝しつつ、美邦はエプロンの紐《ひも》をしっかりと結んだ。

時間と材料を考慮《こうりょ》し、スポンジケーキの切り落としと、イチゴやラズベリーなどのベリーを使い、トライフルを作ることにした。

カスタードクリームはレンジで作り、バットに広げて氷で冷まし、その間《かん》に生クリームを手早く泡立てる。そして、リキュールの代わりにフルーツシロップとオレンジジュースを混ぜたものをケーキに染《し》み込《こ》ませ、大きめのグラスに入れ、冷えたカスタードと合わせる。さらに、雪のような生クリームを盛り、白に映《は》える赤いベリーを散りばめ、ミントの明るい緑を添《そ》えた。

「素敵な『ありあわせ』ね」

多喜は、そう言って笑った。

トライフルには、『ありあわせ』という意味がある。差し出した材料からして、多喜はヒントを与えてくれていたんだと思う。

美邦はくすっと笑い、「ありがとうございました」と頭を下げた。

最後に願いが叶った。美邦は瞬がどんな反応をするかわくわくしながら、多喜と料理をホールに運んだ。

「やっと主役の登場だよ」

テーブルの中ほどで、慎一と瞬が、温志といっしょにテーブルで待っていた。

「瞬、来てくれてありがとう」

美邦が声をかけると、瞬は嬉しそうに美邦を見た。

こんな席を設《もう》けてくれた多喜と温志に感謝しながら、瞬の笑顔を見るとつらくなってくる。

「あれ……珍しい。多喜が作ったにしちゃ、ずいぶんと可愛いデザートだな」

温志が、美邦の作ったトライフルを見て、意外そうな顔をした。

言われてみれば、多喜の作る『本日のスイーツ』は、ブラウニーやマフィン、スイートポテトやアップルパイなど、素朴《そぼく》で家庭的な味を重視した飾《かざ》り気《け》のないものばかりだった。

「私がほんとは可愛い女だって、温志がいちばんよく知ってるでしょ」

美邦が作ったとは言わず、多喜は自慢そうに言った。

美邦がきょとんとすると、多喜は『ナイショ』というふうに目配《めくば》せをした。

夫の夢に従《したが》っていることを隠しているのに、可愛い女性だと思ってもらいたいんだろうか。

ちょっと矛盾《むじゅん》する気もしたが、そんな多喜は、デザートよりも可愛いかもしれない。

「葛原くんは、瞬の隣ね」

多喜に言われ、美邦は瞬を挟《はさ》んで慎一の側《がわ》に座った。

そして、対面に座っている温志の隣に多喜が着くと、

「葛原くん、一週間お疲れさまでした」

大人は赤ワイン、瞬は木苺《きいちご》のジュースで乾杯となった。

こんな短期間のアルバイトをやめるときに、送別会を開いてもらうなど初めてのことで、申し訳ない気がしたが、この家庭的な雰囲気こそが、IE《イエ》 Café《カフェ》の温かな空気をつくっているのだと思う。

「おいしい？」

多喜が、さっそくトライフルを食べている瞬に訊いた。

瞬は口に生クリームをつけ、嬉しそうにうなずいた。

「いいもの食ってるな。ちょっと味見させてくれよ」

慎一の言葉に、瞬はスプーンにすくったトライフルを慎一の口へ運んだ。

美邦は思わず、視線を落とした。

胸の底が温かくなるような光景を見た瞬間、できていたはずの覚悟が揺らぎ、ふたりと離れがたい気持ちがこみあげてきた。

「そうだ。瞬……葛原くんに、遊んでもらったお礼に絵をプレゼントするんだろ？」

慎一に言われ、瞬はリボンを巻いた画用紙を差し出した。

リボンをほどいて紙を広げると、カフェでコーヒーを運んでいる美邦の絵が描かれていた。

「ありがとう……」

嬉しかったが、それ以上に、瞬と離れるのが寂《さみ》しく、涙が出そうになる。

「大事にするね」

美邦が言うと、瞬は美邦の顔を見上げた。

言葉を話さないぶん、瞬の瞳はいつもなにかを語りかけるようで、じっと見つめられると胸がきゅんとなってしまう。

また遊びに来るから。そう言おうとしたが、心は違うことを叫んでいた。

瞬ともう少しいっしょにいたい。せめて、瞬が言葉を話せるようになるまで、そばにいて面倒をみさせてほしい。

でも、親戚でもない自分が、それも二十二の男がそんなことを言いだしたら、子供好きを通り越して怪《あや》しいやつだと思われる。

思われてもいいけれど、そんな人間を誰も受け入れてはくれないだろう。

それに、いいかげんそうに見えて、慎一は瞬のことを誰よりも大切にしている。自分がよけいなことをする必要はない。

また会えるから、元気でね。こんどこそうまく言おうと思ったのに、

「矢上さんに、お願いがあります」

口が勝手に言っていた。

このカフェに飛び込んだときのように、身体が理性を押《お》し退《の》け、いちばんやりたいことを行動に起こしてしまった。

「俺に？　なんだろう？」

慎一は興味津々《きょうみしんしん》の顔をしたが、美邦はまじめな顔で、

「瞬がしゃべれるようになるまで、僕に面倒をみさせてくれませんか」

そう頼んだ。

多喜と温志は驚いた顔をし、

「ありがたい話だけど……そんなこと頼むわけにはいかないよ」

慎一は困ったような苦笑いを浮かべた。

軽いノリの人だから、それじゃあと受け入れてくれるかと思ったが、いきなり断られてしまった。

「そうよねぇ。いくら葛原くんがいい子で子供好きだっていっても……」

「うん、そりゃそうだ」

多喜も温志も反対した。

やっぱり、だめか……。

美邦が視線を落とすと、瞬が美邦の顔を見上げているのと目が合った。

その瞬間、瞬が読んでいた慎一の絵本のことが頭に浮かんだ。

笑い飛ばされるかもしれないけれど……。

美邦は小さく深呼吸をし、慎一の目をまっすぐに見た。

「でも、矢上さんは……僕のこと家族にするって言ってくれました」

「え？」

慎一だけでなく、温志と多喜も、同時に驚いた顔で美邦を見た。

「なによ、慎ちゃん……どういうこと？」

「まさか、こないだ公園散歩についていったときか!?」

「公園じゃないです」

美邦はきっぱりと言った。

「このビルのゴミ置き場で……清掃車《せいそうしゃ》に持っていかれるところを、拾ってもらったんです。そのときのこと、覚えてますよね？」

「あ……」

なんのことを言っているのか気づいたのか、慎一は小さく声をあげた。

「……参ったな。見られてたのか。いや……君だったのか」

慎一は笑いながら、話を合わせてくれた。でも、このまま冗談として流されては困る。

「だから、どうしても……恩返しさせてもらいたいんです」

美邦は真剣な顔で言った。

「葛原くんがゴミ置き場に捨てられてたって、どういうことなの？」

多喜に問い詰められ、慎一は捨てられた鉢植《はちう》えを拾ったときのことを話して聞かせた。

「その鉢植えの花が君だっていうのか？　だから、恩返しに瞬の面倒みたいって？」

驚いている温志の後頭部を、多喜が呆れ顔で叩いた。

「なに本気で訊いてんのよ。慎ちゃんの絵本じゃないんだから」

多喜の言葉に、温志は面目《めんぼく》なさそうな顔で頭を掻《か》いた。

これが普通のリアクションだ。美邦は肩を落とし、小さく息をついた。

「瞬、お兄ちゃんはクレマチスの精霊なんだってさ」

「……！」

慎一の言葉に、美邦は目を見開いた。

「おいおい」

温志は苦笑いをし、

「慎ちゃん、何度も言うようだけど……絵本と現実の区別がつかなくなるようなこと、子供に言わないほうがいいわよ」

多喜は窘《たしな》めるように言った。

「区別？　そんなもの、いったいどこにあるんだ？」

慎一は大げさに肩をすくめた。

「あのね、ここは慎ちゃんのゼミじゃないんだから……あっ、瞬。どこ行くの？」

突然、瞬が隣のスタッフルームへ走ってゆき、すぐにクレヨンを手にして戻ってきた。

「どうしたの？」

多喜が訊いたが、瞬は黙ってテーブルの上の、美邦の絵の横に文字を書き始めた。

「くーちゃん？」

「葛原だからくーちゃんなのか？」

多喜と温志は顔を見あわせ、

「いや、クレマチスだからだろ。瞬、あの花可愛がってたけど……くーちゃんて名前つけてたのか？」

慎一が訊くと、瞬は大きくうなずき、美邦のシャツの裾《すそ》をぎゅっとつかんだ。

澄んだ瞳が、行かないでほしいと言っている。

美邦は、思わず涙ぐみそうになった。

「やだ、泣いてるの？」

多喜が驚いて、美邦の顔を覗き込む。

「……すみません。一ヵ月前までいっしょに暮らしてた甥が、美邦って言いにくかったのか、僕のことをくーちゃんって……」

泣きそうになったことが恥ずかしく、美邦はあわてて目を擦《こす》った。

「その子とは、どうしていっしょに暮らせなくなったの？」

「兄が再婚することになって、面倒みる必要がなくなったんです」

「ああ、それで……こんなに瞬のこと……」

多喜も温志も、一週間のバイトに応募したことや、瞬の面倒をみたいと言いだしたことを納得してくれたようだった。

「慎ちゃん、どうする？　瞬も花の精霊と離れたくないみたいだけど」

言いながら多喜は、美邦のシャツをつかんでいる瞬の手を見た。

「花の精霊が恩返しに来てくれたっていうのに、無下《むげ》に追い返すなんてこと、できないよなぁ」

慎一の答えに、美邦は驚いて顔を上げた。

「家族にしようって連れて帰ったのは俺だし……いっしょに暮らそう。アパート引き払って、ここに越しておいで」

「……」

いっしょに暮らそうと言われ、どきんとなった。

突然の申し出だからというより、目を見て言われた、その言葉に……。

「家族っていうのは、いっしょに暮らすもんだろ」

「でも……」

通いのベビーシッターのつもりだったから、いきなり同居しようと言われ、どう答えていいかわからない。

「本が積んであるだけで使ってない部屋があるし、子供の面倒みるならいっしょに暮らしたほうが便利だし……だいいち、アパートの家賃が浮くじゃないか」

いっしょに暮らす。瞬と慎一と。予想外の展開に、胸の鼓動が速くなる。

慎一は物理的なことばかり言っているけれど、他人である自分が家に入り込むことに、精神的になんの抵抗もないんだろうか……。

「そんなことより、二十二歳のいい若者が、一日じゅう子守りやってて、せっかくの才能埋《う》もれさせちゃっていいの？」

お気楽な慎一に、多喜は美邦とは違う意味でつっこみを入れてきた。

「才能……って？」

首をかしげる温志を、多喜はしらっと一瞥《いちべつ》し、

「履歴書《りれきしょ》も見ないで、採用するからよ」

エプロンのポケットから取り出した紙を広げ、温志に押しつけた。

「えっ……葛原くん、調理師と製菓衛生師《せいかえいせいし》の免許持ってるのか？」

履歴書から顔を上げると、温志はまじまじと美邦を見た。

「瞬のデザート、私じゃなくて葛原くんが作ったのよ」

「そうか、どうりで……」

温志は納得し、

「へぇ……すごいな」

慎一も感心したように美邦を見た。

さっき瞬にトライフルを食べさせてもらったとき、おいしいと思ってくれていたらしい。嬉しさがこぼれそうになり、美邦は視線を落とした。

「ってことで、私からのプレゼント」

突然、多喜に大きな紙袋を差し出され、美邦は顔を起こした。

「開けてみて」

促《うなが》されて中身を見てみると、それは、真っ白なコックコートとエプロン、ズボン。そして、細かい千鳥格子柄《ちどりごうしがら》のコックベレーと揃《そろ》いの柄のスカーフだった。

「お餞別《せんべつ》だと思ったでしょ？」

悪戯《いたずら》っぽく笑う多喜に、美邦は目を瞬《またた》かせるしかない。

「逃げられないように、葛原くんのサイズで新調しといたの。きっと似合うわよ」

「多喜は、若い男の身体のサイズ当てるのが得意……じゃなくて、もしかして？」

温志に訊かれて、多喜は笑顔でうなずいた。

「これって……ずっと迷ってたこと、思い切ってやってみるチャンスじゃない？」

こんどは温志がうなずいた。

「葛原くん、意味わかるわよね？」

「サイズは心配ないってことだな」

温志が胸を張って言うと、多喜はばしっと後ろ頭をはたいた。そして、

「苦手だからずっと迷ってたんだけど、お客さんの要望に応《こた》えて、スイーツ増やすことに決めたの。手伝ってくれるわよね？」

美邦の目を見て、有無《うむ》を言わせぬ調子で言った。

どうしよう。さっきからどきどきしている胸が、嬉しさと戸惑いでさらに高鳴ってくる。

こんなにも、いいことが重なっていいいんだろうか。

でも……。

そうできたら、どんなにいいかと願っていたこと。今ここで断れば、もう二度とチャンスは巡《めぐ》ってこないだろう。

「ありがとうございますっ」

美邦は立ち上がり、深々と頭を下げた。

嬉しくて、それしか言葉が出なかった。

「でも、面白いわよね。お伽噺《とぎばなし》だと、助けた生き物とかが、妻にしてくださいって、美女の姿で恩返しに現れるものだけど、慎ちゃんの場合はきれいな男の子なのねぇ」

多喜は面白そうに慎一の顔を見たが、すぐにまじめな表情になった。

「ねぇ、慎ちゃん。こんな大事なこと、同居する相手に言わないままでいいの？」

「すっかり忘れてた」

慎一は頭に手をやり、あははと笑った。

「忘れてるくらいならいいけど……」

多喜は呆れたように苦笑いをする。

「いや、俺がよくても……やっぱり話そう。恩返し譚《たん》で、正体があとでバレるってのは、ロクな結末にならないからな」

バレるとか正体とか、いったいなんのことだろう。大学の先生というのは表向きの職業で、裏の稼業《かぎょう》があるんだろうか……。

美邦は緊張し、固唾《かたず》を飲んだ。

「あんまり親が結婚しろってうるさいから、仕事に専念できると思って結婚したんだけど……一回だけ、魔《ま》が差して男と浮気したら、運悪くバレちゃったんだよ」

男と浮気……。

というか、慎一はゲイだった。

それこそ、まったく予想もしていなかったことで……。

美邦は、目を見開いて固まった。いとも簡単に、罪の意識のかけらも感じられない軽いノリで言うのに、ちょっと呆れながら……。

「ほんと、馬鹿でしょ？　最低よね。そのくせ、まだ結婚するつもりなのよ」

「え、再婚するんですか？」

さらに驚き、訊き返す。

「いや。瞬がこんな調子だから、今はまだ無理だけど……いずれはね」

ゲイでありながら結婚を選ぶ人は珍しくはないけれど……。一度失敗して、子供が傷ついたのに、また同じことをしたいと思うのはどうしてだろう。

「そういう事情だから、手出してきたりはしないはずだけど……一応、生身《なまみ》の男だし、葛原くんみたいなきれいどころの男の子がいっしょにいたら、また過《あやま》ち犯《おか》さないとも限らないし」

「過ちって……いくら俺でも、相手の同意がないことをするわけないだろ」

「そりゃ、そうよね。瞬もいるし、一応大学の先生だものね」

多喜が確認すると、慎一は苦笑いをしながらうなずいた。

自分にはわからないけれど、大学の先生だから、普通に結婚しているほうが出世には有利なんだろうか……。

なんとなく、慎一のキャラに似合わない選択のような気がしたけれど、そんなことは自分が口出しすることじゃない。

瞬の面倒がみられれば、それでいい。

「じゃあ、あとは葛原くんの気持ちを確認するだけね」

多喜に促され、慎一はメガネを指で持ち上げながら、まじめな声で言った。

「もし君がそれでもよければ……。でも、俺のことが気になるようだったら、この話はなかったことにしよう」

瞬の面倒をみたいだけなのに、慎一が理由でなかったことにされるのは困る。

かといって、自分もゲイだから気にならないと言うのは、うまくない気がした。再婚するつもりの慎一と、なにかあったらいけないからと反対される可能性がある。

「なにも問題ないです」

美邦は顔を上げ、きっぱりと言った。

「じゃあ、慎ちゃんのこと好きになったりする心配はないって思っていいのよね？」

「……」

多喜に問われて、美邦は答えに詰まった。

ゲイだと気づかれていたんだろうか。

「気を悪くしないでね。でも、慎ちゃんって、そうじゃない男にも不思議とモテるのよ、昔から。だから、確認ってことで」

そういうことか……。美邦はほっと息をついた。

単に、再婚するつもりの男を、好きになられては困ると言いたかったらしい。

「それなら、心配ないです。ダメージの大きな失恋して……たぶんもう恋愛はしませんから」

一方的な片想いだったから、失恋というのとは違う。たぶんじゃなく、二度と恋はしないと決めている。けれど、こんなふうに言うのが、自然で受け入れてもらいやすいだろう。

「それならいいけど……って、ぜんぜんよくないじゃない。まだ二十歳《はたち》そこそこなのに、そんなこと本気で言ってるんなら問題よ」

一転して、多喜は怒りだした。

「まぁまぁ、若いときにはよくあることだよ。うちの店、可愛い女子大生がいっぱい来るから、きっとそのうち気持ちも変わるよ」

温志が励《はげ》ますように言うと、多喜はじろりと温志をにらみつけ、やれやれというふうに肩をすくめた。

「男との浮気がバレて離婚されたのに、懲《こ》りずに再婚しようとしてる子持ち男と、失恋したくらいで恋しないとか言ってる二十二歳の男の子……どっちも、困ったもんだけど、この組み合わせなら、間違いが起きる心配はなさそうね」

多喜は身も蓋《ふた》もないまとめ方をし、

「ってことで、葛原くんの送別会あらため歓迎会ってことで、もう一度乾杯しましょ」

笑顔でグラスを掲《かか》げた。

本当の家族のようにひとつのテーブルを囲み、そこへ自分を迎え入れてくれた人たち。

甘いワインに酔《よ》いしれながら、美邦は、これはいったいどういうお伽噺だろうと思っていた。恋はしないと決めた自分と、再婚を狙《ねら》っている慎一。けして恋が始まることはない関係だけれど、それだからこそ手に入った居場所だった。

三人の暮らしは、慎一が新しい家庭をつくるまでの仮の家族でしかないけれど……瞬を幸せにするための時間と、ずっと探していた仕事を与えてもらった。

美邦にとってそれは、十分すぎるほどありがたいことだった。

3

「慎《しん》さん、時間だよ」

朝六時、ベッドの中で眠り込んでいる慎一《しんいち》を揺すりながら、美邦《みくに》は五回目の同じセリフを言った。

家族が苗字《みょうじ》や先生なんて呼ぶのはおかしいから、名前で呼んでくれと言われたので、健介《けんすけ》に倣《なら》って『慎さん』と呼んでいる。

敬語も禁止、そして慎一は美邦のことを、瞬《しゅん》が似顔絵に書いた『くーちゃん』という名前で呼ぶようになっていた。ついでに、カフェのスタッフもみんな。

家族なんだからというのは、自分の作り話に合わせてくれているだけだとわかっていても、やっぱり嬉しかったりする。

「瞬と約束したの、忘れたの？　健康のために、これからは朝散歩に行くって」

言いながら、美邦は思わず脱力したくなる。このセリフを毎朝言いつづけ、今日ですでに一週間が経《た》っている。

瞬のために健康のことを考えるべきだと言う美邦に、いいかもしれないと同意したのに、いざ朝になると、慎一はそのことをすっかり忘れてしまうようだった。

「んー……この本、読んじゃいたいんだよ……」

夢の中でも、本を読んでいるらしい。

ベッドの下に本が落ちているところを見ると、また遅くまで読んでいたに違いない。

瞬が隣で寝ているのだから、早く電気を消すようにと言っているのに……。

慎一の本好きに、美邦は呆れながら、初めてこの家に上がったときのことを思い出していた。

自分が借りる部屋を見せてもらい、慎一が本当に大学の先生なんだと、初めて実感させられた。本が積んであるだけと慎一は言っていたけれど、目の前にあったのは、書架《しょか》のない書庫だった。

いったいなんの本があるのか、背表紙をざっと見たが、民俗学《みんぞくがく》関係だけでなく、天文学や植物学、心理学や色彩学《しきさいがく》の本、日本史、世界史、地理学、そして美術史……ほかには、古代文明、宗教、UFOや宇宙人の本まであった。

ちょっと部屋を見ただけだと、なにを教えているのか、なにが趣味なのかわからない。

『説話に出てくる異界っていうのは、かぐや姫とか七夕《たなばた》の天《あま》の川《がわ》とか、他所《よそ》の天体も含めて考えないといけないし……動物や植物もたくさん関わってるから、一応パラ見しとかないとね』

民俗学という学問には、昔話やその土地にまつわる伝説なんかを研究しているイメージがあったけれど、そんな単純なものじゃないのかもしれない。

なのに、慎一は楽しい遊びみたいに言っていて、思わず尊敬の眼差しを向けてしまった。

でも、いっしょに生活を始めてみると、尊敬するというより、その逆の気持ちになることのほうが多いとわかった。

慎一は子育てには不向きな仕事オタクで、仕事を始めると瞬がいることをすっかり忘れてしまい、なにも聞こえず、なにも見えなくなるようだった。

食事の時間になっても空腹感も覚えないようで、美邦がいなければ、自分だけでなく瞬に食べ物を与えることも忘れてしまいそうな、そんな集中ぶりだった。

瞬の、オモチャ遊びよりも絵本やお絵描きが好きなところは、おそらく慎一の影響だろう。読み聞かせても気が散ることはなく、じっと耳を傾け、美邦が得意の折り紙で動物を作ってやると、手元を集中して見つめている。

クリエイティブで根気強《こんきづよ》い資質は、瞬のためにも仕事のためにもいいことだと思うけれど……毎朝こんなふうに起こさなくてはいけないのは、ほんとに困ってしまう。

以前は自分で起き出し、モーニングの時間には間に合っていたのに、美邦が来てからは、起こしてくれる人がいる安心感から、さらに寝起きが悪くなったらしい。

「瞬、今日もだめみたいだ。僕らだけで行こう」

美邦は慎一を起こすのをあきらめ、瞬と白黒兄弟を連れて、いつものように井《い》の頭《かしら》公園へと散歩に出かけた。

IE《イエ》 Café《カフェ》には、公演を終えたウェイターの健介《けんすけ》が戻ってきて、キッチンスタッフとして美邦が新たに加わった。

健介の仕事だった朝の散歩係は、瞬のベビーシッターとなった美邦がそのままつづけることになり、

『なんか悪いっすね』

健介は申し訳なさそうな顔をしつつ、朝寝坊ができると喜んでいた。

「慎さんも健ちゃんも、こんなに気持ちいい時間にベッドの中にいるなんて……損《そん》してるのになぁ」

美邦は小さく深呼吸をする。

朝の公園の空気は、目覚めたばかりの植物の匂いが満ち、いつ来ても清々《すがすが》しく、季節の移ろいとともに、毎日少しずつ表情を変えてゆくのを眺めるのが新鮮だった。

そして、なによりも嬉しいのは、出会った頃に比べて、瞬の見せる表情が豊かになってきたことだった。

心を開いてくれているのがわかり、慎一じゃないけれど、言葉がなくてもこんなにも思いが通じるものかと驚かされる日々なのだ。

白黒兄弟に案内されるように、いつもの散歩コースを辿《たど》り、弁天《べんてん》さまでお参《まい》りをするのも、

すっかり朝の習慣として身体に沁《し》み込《こ》んでしまった。

そのとき、カフェの商売繁盛《はんじょう》をお願いするのといっしょに、美邦はいつも祈っていることがある。

瞬が言葉を話せるようになりますように。ほかでもないことだった。

けれどどうしても、『一日も早く』という言葉をつけるのを躊躇《ちゅうちょ》してしまう自分がいる。

なによりも望んでいるのに……。

瞬が治ったら、慎一は再婚を考えると言っていた。それはつまり、自分がもうあの部屋で、瞬の面倒をみてやれなくなるという意味で……。

そう思うと、胸の中で矛盾《むじゅん》した気持ちが湧《わ》き起《お》こり、どうしてもその五文字の言葉をつけられずにいた。

「瞬、商売繁盛ちゃんとお願いした？」

美邦がいつものように確認すると、瞬はしっかりとうなずいた。

目で見つめあうだけでなく、瞬と話がしたい。瞬もきっと、言いたいことがあるに違いない。

今日こそはお願いしよう。今日こそは心から『一日も早く』と言おう。そう思いながら……。

愛《いと》しい時間がまだ終わらないようにと、どうしても願ってしまう自分がいる。

「和栗《わぐり》と白桃《はくとう》のいいのが手に入ったんだけど、今日のスイーツ、それで三種類くらいできる？」

多喜《たき》に問われ、

「できます」

美邦は迷わず答えた。

多喜の問いには、できてもできなくても、迷わずイエスと答えること。温志《あつし》だけかと思っていたが、それはウェイターの健介や自分にとっても、守らなくてはいけない職場でのルールなのだった。

けれど不思議なことに、先に多喜にイエスと言ってしまうと、できそうもないこともできてしまったりする。

使い勝手のいい、手入れの行き届いた厨房《ちゅうぼう》も、多喜のしゃきしゃきとした性格そのもので、中に入って調理をしていると、気持ちも背筋もしゃんとなる。

「ジェノワーズを基本に、白桃でロールケーキとトライフル、和栗でモンブランロールとクーベルチュールのチョコレートソースがけトライフルで四種類。これでどうですか？」

美邦が素早くメニューを提案すると、多喜は親指を立て、「Good job!《グッジョブ》」と笑った。

美邦はほっと胸をなでおろし、さっそく下ごしらえに取りかかる。

それと同時に、瞬にはなにを出そうかと考える。生クリームや砂糖を使った洋菓子を毎日食べさせるわけにはいかず、瞬のために健康重視のおやつを作るのだが、それも楽しみのひとつだった。

瞬の助けになりたい。そんなことを思いながら、結局、自分にできることは、おいしいものを作るくらいしかないのだけれど……。

「瞬、これなんだかわかる？」

その日のおやつに胚芽《はいが》ビスケットとココアを出したのだが、喜ぶかと思い、ふんわりと泡立てたフォームドミルクでラテアートを描いてみた。

もともとあまり絵は得意ではなく、しかも初めてのモチーフなので、そう見てもらえるか自信がない。

美邦は緊張しながら判定が下るのを待っていたが、瞬は椅子《いす》から降りると、壁に貼った自作のサブレとスフレの絵を指差した。

「……よかった。ちゃんとぶーふーに見えるんだ」

美邦は小さく息をついた。

「ちょっと、くーちゃん。なにやってるの？」

スタッフルームに入ってきた多喜が、咎《とが》めるような声を出したので、美邦はあわてて振り返った。

「す、すみません。瞬が喜ぶかと思って」

「そんなの、私だって喜ぶわよ」

「え……？」

美邦がきょとんとすると、多喜はまじまじとカップの中を覗《のぞ》き込《こ》んだ。

「もう、くーちゃんてば、ほんとに使える子ねぇ。ていうか、こんなことができるんなら、出《だ》し惜《お》しみしないで早く言いなさいよ」

褒《ほ》められたかと思ったら、怒られた。

美邦はこっそり胸の中で笑う。

多喜の物言いはキツいけれど、けして厳しい上司ではなく、それは頭の回転が速いのと、はっきりした性格というだけのことなのだ。

「……すみません。ちゃんと習ったわけじゃなくて独学《どくがく》だから……でも、アレンジドリンクはひととおりできます」

美邦が遠慮がちに答えると、多喜はほうっとため息をついた。

「青い鳥が、探しもしないのに自分から飛び込んでくるなんて……お伽噺《とぎばなし》みたいなことって、現実にもあるのねぇ」

そう、多喜は意外にロマンチストで、子供と動物が大好きなやさしい女性だ。

子供にとっては、家族と朝食をとるのが自然なことだからと、常連客《じょうれんきゃく》が一組減るにもかかわらず、美邦が作って家で食べることを勧《すす》めてくれたのも多喜だった。

だから、早朝の掃除やミーティング、公園散歩のあと、美邦は一度家に戻り、朝食をすませて慎一を見送ったあと、三階から一階のカフェへ、瞬と手をつないでふたたび出勤してくる。

瞬がスタッフルームで絵本を読んだり絵を描いたりするのをときどき覗きながら、ランチの下ごしらえと調理の手伝いをし、昼のまかないと瞬のおやつ、そして、スイーツ数種類を作る、というのが美邦の一日のノルマだった。

カフェでの仕事は、勉強をさせてもらいながら給料をもらえるのが申し訳ないほど、楽しく充実していた。

心が癒《いや》される、無邪気な瞬の笑顔。適当なキャラだけれど、そのぶんおおらかでやさしい慎一。望んでいた職場で、好きなことをして働ける。そして、スタッフにも恵まれている。

気になることといえば、一日に何度か心を過《よ》ぎる、こんなに幸せでいいんだろうかという、心の声だけだった。


職場の上のさらに上、三階の慎一の部屋は、2LDK。ふたつある部屋は慎一と瞬の寝室と美邦の寝室で、ベランダに面した南側がリビングダイニングだが、リビングのスペースにはソファなどはなく、慎一の仕事関係の書庫になってしまっている。

美邦の部屋にあった本の半分は、慎一が研究室へ持っていき、もう半分が移動してきたので、ますます本だらけになっていた。

ダイニングのテーブルは慎一の仕事机と化し、食事はキッチンのカウンターに三人で並んで食べる。壁側の奥が慎一、そして、幼児用の椅子を挟んで、キッチンにいちばん近いのが美邦の席だった。

慎一も瞬も、ニンジン以外は好き嫌いがないようで、なにを作っても残さず食べてくれるので、腕のふるい甲斐《がい》がある。

「今日のハンバーグの味はどう？」

夕飯を食べながら、美邦は瞬と慎一に訊《き》いた。

「うまいよ、すごく。な？」

慎一が答えると、瞬はフォークを手に大きくうなずいた。

「……よかった。これでこの一週間のメニュー、どれもふたりに気に入ってもらえたってことだよね」

美邦がほっと息をついたので、

「ずっと毎日、メシも弁当もうまいうまいって残さず食べてるのに、どうしてこの一週間に限ってそんなこと訊くんだ？」

慎一が不思議そうに顔を見た。

「じつは……おふたりに秘密にしていたことがあります」

美邦は、神妙《しんみょう》な顔をしてみせる。

「なんだろう？」

慎一が首をかしげると、瞬も同じ仕草をして美邦を見た。

「今日のハンバーグも含め、この一週間のメインのおかずと慎さんのお弁当のおかずのどれかに、すりおろしたニンジンが入ってました」

「えっ、ぜんぜん気づかなかったよな？」

慎一に訊かれ、瞬は驚いた顔でうなずいた。

「そりゃそうだよ。気づかないように工夫して、仕込んだんだから」

「でも、どうしてわかったんだ？　俺と瞬がニンジン苦手なこと」

カフェで、瞬にニンジンを押しつけるのをそばで見ていたのに、慎一はぜんぜん気づいていなかったらしい。

「そんなの、お見通しだよ」

美邦は得意げに言い、瞬のおでこを指先でつついた。

「おめでとう。ふたりとも、知らないあいだにニンジン食べられるようになったね」

美邦の言葉に、瞬は大きくうなずいた。

「ぱぱっとできて、すごくおいしくて、しかも嫌いなものも食べられるようになる。くーちゃんの料理は、魔法みたいだなぁ」

瞬に同意を求める慎一を見て、美邦は肩をすくめて笑った。

「そんなのは……」

好き嫌いのある子供を持つ母親が、よく使う定番の手口だよ。そう言いかけて、美邦はあわてて呑《の》み込《こ》んだ。

瞬の前で言うことじゃない。

「そんなの、なんだい？」

「魔法みたいじゃなくて、魔法なんだよ」

美邦の答えを聞いて、瞬は目をきらきらとさせている。

思わず魔法なんて言葉が、すらっと口から出てしまったのは、もちろん慎一の影響もあるけれど……。

言葉を話せなくても気持ちが伝わる、そんな魔法を、瞬のそばで毎日体験しているからだと思う。

そうだよね？　心の中でつぶやいたのに、美邦が笑いかけると、瞬は小さくうなずいた。

残暑の名残《なごり》はどこかへ消え、金木犀《きんもくせい》があちこちで満開になっているらしく、甘い香りが街を包み込んでいる。

風も陽射しもやさしく透《す》きとおり、毎日やることはたくさんあるはずなのに、不思議なほど穏《おだ》やかな時間が流れていた。

「ん……？」

眩《まぶ》しい光に目を眇《すが》めると、目の前にきれいな青空が広がっていた。

いつの間にか、ベランダのデッキチェアで、スイーツのアイディアを考えながら眠ってしまっていたらしい。

目の前にはうす紫《むらさき》の花。

慎一がゴミ置き場から救済した鉢植《はちう》えのクレマチスは、ベランダの手すりの細い鉄柱《てっちゅう》に巻きつき、それ以上は上に伸びられない蔓《つる》を横に広げ、元気に花を咲かせている。

なんだか嬉しくなり、美邦は目を細めた。

身体にはハーフケットがかけられていて、温かな陽だまりの匂いがする。

慎一ではなく、きっと瞬だ。手にしていた小さなスケッチブックとペンが、きちんとテーブルの上に置かれている。

「ベッドに寝かせなくていいのかって？」

部屋の中から、慎一の声がした。

こんなところで眠ってしまった自分を、瞬が心配してくれているんだろうか。

「大丈夫。今日はあったかいだろ？　くーちゃんは植物だから、目を瞑《つぶ》って光合成《こうごうせい》をしてるんだよ」

慎一がそんなことを言ったので、美邦はこっそり苦笑いをした。

五歳の子供が、光合成なんて言葉を知っているはずもない。そう思って聞いていると、

「植物はおひさまの光を食べて、大きくなったり花を咲かせたりするんだよ。水も大事だけど、光は植物の大好きなごはんなんだ」

慎一は、ちゃんと子供が理解できる言葉に言い直した。

瞬とふたりでいるときには、慎一は父親の顔になっている。初めて見たときも、そうだった。ゴミ置き場の出来事を見られていたことを照れていたのは、他人が捨てたものを拾ったことではなく、そんな一面を見られたことが恥ずかしかったのに違いない。

植物のごはん……か。

慎一の選んだ言葉に、思わず口元がゆるんでしまう。

物言いはぶっちゃけすぎだし、生活態度も少々難《なん》アリの人だけれど、それだけが慎一の顔じゃないことが、いっしょに暮らすようになって、もっとよくわかってきた。

ああ見えて、照れ屋なのだ。

「瞬……」

美邦はたった今目覚めたふりをして、窓から瞬に声をかけた。

瞬はぱっと笑顔になると、スケッチブックを手に駆け寄ってきた。

見せてくれたのは、ラベンダー色の星のような花で、その横には『くーちゃん』と書かれていた。

やさしい色合いと、拙《つたな》い文字で書かれた自分の名前。与えたいと思っているのに、瞬からは幸せをもらいすぎていて、追いつかない。

「ありがとう」

美邦が心からお礼を言うと、瞬は照れくさそうな顔でうなずいた。

視線を感じ、ふと顔を上げると、慎一が見つめているのと目が合った。

美邦はどきっとし、あわてて瞬の絵に視線を落とした。

いつからだろう。

和食の朝ごはんのついでに作っていた慎一の弁当も、気づくと楽しみのひとつになっていて、まだ温かい包みを手渡すとき、瞬の笑顔を見るのと同じくらい嬉しく感じている自分がいる。

瞬のそばにいて、面倒をみられればそれでいいと思っていたのに……。

瞬だけでなく、慎一がいるから今の幸せがあるんだと、そんなふうに感じている。

瞬の面倒がみたいという気持ちが、親子の面倒をみたいに変わっただけで、べつに慎一にとくべつな感情を抱いているわけじゃない。

そう自分に言い聞かせたばかりなのに……。

仕事が終わったあと、カフェのオリジナルグッズができてくるからと言われ、温志が印刷屋から戻ってくるのをスタッフルームで待っていたら、

「くーちゃんてさ、なんか慎さんの奥さんみたいじゃね？」

健介がそんなことを言いだした。

「ちょっと、瞬がいるのに……」

美邦は驚いて瞬のほうを見たが、色紙《いろがみ》で美邦の教えたペンギンを、無心《むしん》に折っている。

健介はくすっと笑い、さらにつづけた。

「だってさ、瞬の面倒みるからって同居したのに、慎さんに弁当まで作ってるんだろ？」

「やだ。慎ちゃんってば、自分までちゃっかり……っていうか、甘やかしすぎでしょ、それは」

部屋に入ってきた多喜は、腕組みをして美邦をにらんだ。

「そんな、べつに……うち朝は和食だから、ついでに詰めちゃうだけだし、たいした手間じゃないから」

美邦はあわてて言い訳をした。

が、なぜこんなふうに弁解しなくてはいけないんだろうと思った。家族として、当たり前のことをしているだけなのに……。

「和食の朝ごはんに手作り弁当かぁ……」

うらやましそうな健介に、多喜がにやりと笑う。

「健ちゃんも、花とか動物助けてみたら？　料理上手な美女が、お嫁さんにしてくださいって恩返しに来るかもよ」

「そっか、くーちゃんは恩返し妻なんだったよな」

「えっ……」

美邦は赤くなり、多喜の顔を見た。

「あら、べつに教えてもいいんでしょ？　恩返しにきた花の精霊だって、くーちゃんが自分から言いだしたんだから」

それについては返す言葉がない。でも……。

「僕は慎さんの妻になったわけじゃなくて、瞬のベビーシッターをしたかっただけで、慎さんの面倒みてるのは仕方なくっていうか、ついでっていうか……だいいち、慎さんは……」

タイプじゃないと言いかけて、美邦はあわてて言葉を呑み込んだ。

そんなことを言えば、自分がゲイであることもバレるし、瞬が傷つくかもしれない。

それに、嘘にもなってしまう。

慎一はちょっと変わっているし、人をからかったり、だらしなかったりするけれど……ルックスはかなりイケてると思う。あのメガネがいいし、仕事に行くときのスーツ姿は、大学の先生という感じがしてカッコいい。

というのは、よけいなことだった。

「民俗学の先生として、瞬のお父さんとして、尊敬してるんだよ」

美邦はきっぱりと言った。

「えー、先生として尊敬はわかるけど……お父さんとしてってのは、どうなの？」

多喜が大げさに、怪訝《けげん》そうな顔をしてみせる。

「両方、尊敬してます。そうだよな、瞬？」

美邦が訊くと、尊敬の意味がわかったのかどうか、瞬は大きくうなずいてくれた。

「ていうか、ちょっとからかっただけなのに、そこまでムキになることなくない？」

「……」

たしかにそのとおりだった。

健介のつっこみに美邦が困っていると、

「お待たせ。できたぞ」

タイミングよく温志が帰ってきてくれた。

「健ちゃん、すごい……」

絵が苦手な美邦は、温志がミーティングテーブルの上に広げたマグカップとエコバッグを見て、目を丸くした。

カフェオレ色の地に、IE Caféのお洒落《しゃれ》なロゴが入り、看板犬のサブレとスフレのイラストが、ペンでさっと描いた風のシャープな線で描かれている。まるでプロのデザイナーが作ったみたいな仕上がりだった。

「ほんと健ちゃんって、デザインの才能はあるわよねぇ」

手にしたグッズを眺めながら、多喜は満足そうに言った。

「よかったら、デザインの才能もって言い直してもらえます？」

健介が苦笑いをすると、多喜はふふんと鼻で笑った。

「健ちゃんのためを思って言ったのよ。今なら間に合うわ。とっとと舞台から降りて、大学に戻りなさい」

「戻りませんよ」

健介は即答し、美邦はなぜそんなことを言うんだろうと、多喜の顔を見た。

「才能あるし、美大のグラフィックデザイン科出てたら、就職にだって困らないし、どう転ぶかわからない芝居なんかやってるより……」

言いかけた言葉を止め、

「……なんて、言ってもムダなのよね」

多喜はため息をつく。

美邦は、こんどは健介の顔を見た。

元美大生だとは聞いていたけれど、役者修行に専念《せんねん》するために中退していたなんて……。

「誰が見てもデザインのほうが向いてて、芝居の才能はイマイチって言われるんだけど……やりたいのは芝居のほうなんだから、しょうがないっしょ」

健介は苦笑いをしていたが、その顔はひどく幸せそうに見えた。

「結局……自分の好きな道を選ぶのが、いい悪いはべつとして、いちばん幸せなのよね」

それはそうかもしれない。

自分の選んだ道も、才能があるかどうかなんて考えなかった。もっとすごい人は星の数ほどいるけれど、料理が好きだから選んだのだと思う。

慎一も、今の仕事が楽しくて仕方がないらしい。趣味と実益《じつえき》を兼《か》ねている、というよりむしろ、日常生活を仕事が侵食《しんしょく》している感じだ。

でも……。

再婚を希望しているのは、どうなんだろう。自分に翻《ひるがえ》って考えてみて、ゲイの男性が心からそれを望んでいるとは思えないのだけれど……。

そこまで思い、美邦ははっと我に返った。どうしてそんなことが、気になるんだろう。

たぶんそれは……。

『くーちゃんって、なんか慎さんの奥さんみたいじゃね？』

健介がヘンなことを言いだしたからに違いない。

まだ誰にも言ったことのない夢。それは、いつか自分がカフェを開くことができたら、世界じゅうのホットドリンクを出せる店にしたい、ということだった。

調理師学校の図書館で、世界のコーヒーや紅茶、祝祭《しゅくさい》のときにふるまわれる飲み物を調べては、じっさいに作ってみるのが楽しくて仕方なかった。

その頃に覚えたコーヒーを、瞬が眠ったあとに、コーヒー好きの慎一で試すのが、最近の美邦の日課になっていた。

「これ、どう？」

夜遅くまで、仕事という名の趣味に勤《いそ》しむ慎一に、今夜はカフェ・コーディアルと呼ばれる北欧《ほくおう》のコーヒーを淹《い》れてみたのだけれど……。

「うーん……どこで飲んだんだっけな？」

スライスしたオレンジの浮かんだコーヒーを、慎一はかつてどこかの国で飲んだことがあると言いだした。

「入ってるのは、ブランデーとラム酒《しゅ》、オレンジジュース。スカンジナビア地方の……」

「ノルウェイ？　小人のニッセか？」

「小人？」

美邦が訊き返すと、慎一は嬉しそうに手のひらを拳《こぶし》で打った。

「そうだ、思い出した。ゼミの学生連れて、北欧民話のフィールドワークに行ったとき、話聞きに行った民家で、飲ませてもらったんだよ」

「すごい、本場で飲んだことあるんだ」

「そう、オレンジを浮かべたコーヒーなんて珍しいって思って……ああ、同じ味がする……」

懐《なつ》かしそうに、ゆっくりとコーヒーを味わう慎一に、その気分が伝染したように、美邦もなんだか幸せになってくる。

「物語を探す旅なんて、楽しそう……」

「まぁ、俺はどこにいても楽しいけどね」

慎一の言葉に、美邦はたしかにそうだと納得する。

仕事をしているときはいつも、まるでここにいないかのように見える。

「慎さんは、頭の中で世界じゅう……っていうか、物語の世界や、どこかにある異界にもトリップできちゃう人だもんね」

「そこにあるって信じれば、誰でも行けるんだけどな」

そう言って、慎一はうまそうにコーヒーを啜《すす》った。

慎一の話を聞いていると、心に羽が生《は》えたような、自由な気持ちになれる。

それはそれで素敵なことだけれど……。

「でも……いいのかな。瞬にほんとのこと教えなくて」

「ん？　俺がゲイだってこと？」

慎一の言葉に、美邦はカップを落としそうになった。

「ち、違うよ。そんなこと、五歳の子供に言っても理解できないよ。そうじゃなくて、その……僕がクレマチスの精霊だって話」

「えっ、違うのか？」

まじめな顔で訊き返され、美邦は目を見開いて固まった。

それを見て、慎一は小さく吹き出した。

「いいんじゃないの。物語が作りごとで、現実が真実だとは限らないんだし」

というより、慎一の話じたいが、本気なのか冗談なのかわからない。

「慎さん……送別会、じゃなくて歓迎会の夜にも、同じようなこと言ってたよね。物語と現実には区別がないって」

「そうでしたっけ？」

慎一は、からかうような口調ではぐらかす。

「精霊とか妖怪とか……どこかにべつの世界があるとか、慎さんはほんとに信じてるの？」

美邦が問い直すと、

「必要があって生まれてきたものが、本物かどうかは大した問題じゃない。楽しむことにこそ、存在価値がある。そう思ってるんだけど」

慎一はにやりと笑い、つづけた。

「君がクレマチスの精霊だって言ったとき、瞬の絵本を見て言ったんだってわかっていたけど……面白いなって思ったんだ」

「そりゃ、そうだろうね。昔話の盗作《とうさく》なんだから」

面白いと言われ、美邦は拗《す》ねた顔をした。

「そうじゃなくて、クレマチスは蔓性《つるせい》の植物だから」

「つる……？」

「朝顔とか瓜《うり》や豆のみたいに、天に向かってく伸びていく蔓だよ」

慎一がなにを言おうとしているのかわからず、美邦は首をかしげた。

「蔓のある植物といって、思いつく物語はない？」

「外国の話だけど……『ジャックと豆の木』とか？」

わけがわからないまま、美邦は答えた。

「いい例だ。天上に登る梯子《はしご》になる蔓植物は、天と地を、つまりこの世とあの世、あるいは現世と異界をつなぐものの象徴《しょうちょう》なんだ」

そう言われればそうかもしれない。美邦は興味を惹《ひ》かれ、慎一の顔を見つめた。

「だから……君がクレマチスの精霊だって言いだしたときは、なんだか不思議な気持ちになったよ」

「不思議？」

「蔓を持ったクレマチスが、瞬の面倒みさせてほしいって言ってくれたのがね」

どういう意味だろう？　美邦がさらに混乱すると、

「もし花の精じゃなかったとしても、ここにもとからいた俺たちにとっては、君は他所《よそ》からふいにやってきた異邦人だからね」

慎一は、あははと笑った。

「僕は日本人です。吉祥寺《きちじょうじ》から三駅目の阿佐ヶ谷《あさがや》から来た」

美邦は身も蓋《ふた》もないつっこみを入れた。

「じゃあ、言い直すよ。異世界からの訪問者の君が、なにかをもたらしてくれるんじゃないかって思ったんだよ」

「だから、受け入れてくれた……とか？」

「いや、それはちょっと違うかな。ただ思っただけ」

「じゃあ、どうしていっしょに暮らそうって言ってくれたの？」

美邦は、じっと慎一の目を見た。

自分を家族にしてくれた本当の理由は、一度は訊いてみたいことだった。

「さっき答えは言ったよ。面白いって思ったからだよ」

「それだけ？」

ちょっとがっかりし、美邦は不満げに言った。

「面白いからいっしょにいたいって……すごいことじゃないか？　人生の中で、めったに起きる事件じゃないと思うけど」

「……」

慎一の言葉に、こんどはなにも言えなくなった。

民俗学の研究者である慎一は、自分がその場の勢いで口にした言葉を、面白いと受け取ってくれた。ただ、それだけのことだとわかったのに……。

いっしょにいたい。

その言葉だけが耳に残り、胸の中で波紋《はもん》のように広がっていくのがわかった。


恋をしなければいい。

恋さえしなければ……好きになっても大丈夫。

自分のものになってほしいと思わずに、その人が幸せになることだけを考える。それは、誰に使っても安全な愛だから、大丈夫……。

でも、もし恋をしたなら……。

その先を聞きたくなくて、掃《は》き出《だ》し窓を大きく開き、ベランダへ飛び出した。

「あ……」

美邦は大きく目を見開いた。

夕方まできれいに咲いていたクレマチスが、すっかり枯《か》れてしまっている。

花は散り、コンクリートの上で茶色くなり、元気よく支柱《しちゅう》や手すりに巻きついていた蔓は力なく垂《た》れ下《さ》がり、葉は風に吹かれてカサカサと乾いた音をたてていた。

「慎さん、助けて…っ…」

美邦は声をあげ、自分の声に目が覚めた。

明かりの消えた部屋の天井。自分がいるのはベランダではなく、ベッドの中だった。

半身を起こし、美邦は胸を押さえた。

夢だとわかっても、胸のどきどきが治まらず、水を飲むために部屋を出る。

常夜灯《じょうやとう》の淡い光の中、カウンターに瞬が並べた折り紙の動物たちの姿が目に入った。

今日作ったのは、青い小鳥。ここへ来てもう一ヵ月、折り紙の動物の数だけ、幸せな時間が過ぎている。

ミネラルウォーターをグラスに注《つ》ぎ、ひと口飲むと、美邦はベランダへ出ていった。

真夜中の風に吹かれながら、うす紫の花は静かに眠りについていた。蔓も葉もきれいな緑で、夕方見たままの姿だった。

青い鳥を折ってみせると、瞬はとても嬉しそうだった。

あと何回、瞬のために折り紙の動物を作ってやれるんだろう。あと何回、ベッドで絵本を読んであげられるだろう。

もしも、慎一がもう再婚をする気がなかったら……。

いや、思っても仕方のない『もしも』はやめよう。

慎一の気持ちが変わっても、自分には慎一に恋をする資格はない。

夜風に揺れる、クレマチスの葉。ゆるやかにカーブしながら連《つら》なる、街灯の光。

忘れたくても忘れられない出来事を思い、美邦は手すりを抱えた。

兄が結婚をして家を出たのが寂《さみ》しくて……ひと駅しか離れていなかったのに、どうしても新婚家庭に遊びに行くことができなかった。

けれど、甥の稜《りょう》が三歳になったとき、兄の妻が海外に単身赴任《ふにん》で半年家を空《あ》けることになり、料理のできない兄のために、美邦がそのあいだ同居することになった。

調理師学校に通いながら、保育園に送り迎えをし、兄と稜のために食事を作る日々は、美邦にとって思いもかけない幸せな時間となり、つい思ってはいけないことを心に抱いてしまった。

兄とどうこうということではなく、ただ義姉《あね》が戻ってくるまでの時間が、できるだけゆっくり過ぎるようにと望んだだけだった。

そのせいかどうか、義姉の赴任が三ヵ月延《の》び、帰りを待っている兄と稜には気の毒だと思いながら、美邦はほっとしていた。いや、嬉しかったのだ。

稜はすっかり美邦に懐《なつ》き、学校で習ってきた料理を作って出すと、いつも喜んで食べてくれた。それは兄も同様で、美邦は思わず、こんな毎日が永遠につづけばいいのに……そんなふうに願ってしまった。

その一週間後、アメリカから訃報《ふほう》が届いた。乗っていたタクシーの衝突《しょうとつ》事故だったという。嘆《なげ》き悲しむ兄と稜のために、できるだけのことをしようと思い、それまで以上に尽《つ》くしたが、けして以前のような幸せを感じることはなかった。

だから二年後、兄が同僚の女性と再婚すると聞いたときも、ショックを受けたり寂しいと思うことはなく、ほっとしていた。

亡くなった義姉のときとは違い、新しい兄嫁への嫉妬心《しっとしん》から逃げたかったわけじゃない。罪の意識を抱いたまま、兄や稜のそばにいることが耐えられなくなったからだった。

自分があんなことを思わなければ、義姉は事故に遭《あ》うことはなかったんじゃないか……そう思ったら、自分が抱いていた想いがこわくなった。

そして、稜が新しい母親に懐いて幸せに暮らしていることを実家の母から聞かされたとき、安堵《あんど》するのと同時に、どうしようもない寂しさに襲われ、自分の身勝手さを恥じた。

美邦は顔を上げ、大きく息を吐き出した。

こんな自分には、人を愛する資格がない。もう二度と、同じ過《あやま》ちは犯《おか》したくない。

だから、大切な人のためになにかを選ぶとき、自分の気持ちは脇《わき》に置き、こう考えることにした。
もしも僕が愛ならば、どうするだろう……と。

4

IE《イエ》 Café《カフェ》の定休日は火曜日。慎一《しんいち》の講義がなく、天気のいい日なら、三人揃《そろ》って吉祥寺《きちじょうじ》で買い物をしたり、井《い》の頭《かしら》公園に出かけたりするのが定番の過ごし方になっていた。

慎一は基本的に出不精《でぶしょう》で、美邦《みくに》も休日は遠出をするより、のんびり身体を休めたいほうだったが、三人の中のいちばんの若者はどうなんだろう。

遊園地や海や山に行きたいんじゃないかと思ったが、どうも瞬《しゅん》は慎一と好みが一致《いっち》しているらしく、ローカルな休日で満足しているようだった。

「公園そのものが、日常と非日常の境界でもあるんだけど……ここはいいね。向こう側に通じる橋や神社もあるし、祝祭《しゅくさい》のための舞台まである」

慎一はとくにこの近場のオアシスが気に入っていて、公園を散策《さんさく》しながら、民俗学《みんぞくがく》にまつわる面白い話を聞かせてくれる。それが、いつの間にか美邦の楽しみのひとつになっていた。

「ああ、気持ちいい……」

井の頭公園の西側、御殿山《ごてんやま》の雑木林《ぞうきばやし》へ行くと、慎一は降り積もった落ち葉の絨毯《じゅうたん》の上に寝転がり、瞬はサブレとスフレといっしょに、舞い落ちてくる葉を追いかけ始めた。

「花吹雪《はなふぶき》もきれいだけど、落ち葉もいいかも……」

慎一の隣に腰を下ろしながら、美邦はため息をついた。

「こんなふうに言えるのは、俺たちが四季のある世界に住んでるからなんだよな……」

幸せそうにつぶやくのを聞いて、美邦は慎一の顔を見た。

「四季の変化のない、常夏《とこなつ》や常春《とこはる》の世界から来た人は、秋になって葉の色が緑から赤や黄色に変わって、冬にすっかり葉の落ちた木を見たら、世界が終わるんじゃないかって、パニックになるだろうからね」

たしかに、そうかもしれないけれど……。

ただ見て楽しめばいいのに、どうしてそこまで言うんだろう。不思議に思い、美邦は首をかしげた。

「四季のある世界の人は、春になればまた新しい葉が生《は》えてくるのを知ってるから、落葉をこわがったりはしない。でも、そのことをちゃんと知っているのに、どうしてなにかがひとつ終わったとき、嘆《なげ》き悲しむんだろうね」

慎一は、ひとり言みたいに言った。

「それは……大切な人がそばからいなくなったり、がんばっていた仕事がなくなったりしたら、そこからあと、どうしていいかわからないからだよ」

美邦が答えると、慎一は空を見ながら笑った。

「どうしていいかわからないって、ほんとはすごく自由なんだけどなぁ」

「自由？」

「どうなるかわかってることばかりだったら、君はどう？」

問い返され、美邦はちょっと考え、

「人生は平和で安心で……でも、退屈《たいくつ》になって叫びだしたくなるかも」

答えながら、笑ってしまった。

「だったら、なにかが終わって、これからどうなるかわからなくなっても……楽しめるってことだよな」

慎一の笑顔に、美邦はやっと気がついた。

「慎さん、もしかして……失恋した僕のこと、励《はげ》まそうとしてくれてる？」

「……」

慎一の目が一瞬、泳いだ。

「……いや、ぜんぜんそういうつもりじゃ」

「じゃあ、なに？」

美邦は、にやにやしながら訊《き》いた。

「俺が妻と離婚してなかったら、くーちゃんといっしょには暮らしてなかったなぁって……そういう話だったんだけど」

慎一の言葉に、美邦は笑顔のまま固まった。

それはいったい、どういう意味ですか？　講義中の学生になって、質問したかった。

でも、美邦はなにも言えず、慎一は目を閉じてしまった。

自分の言いたいことだけ言って、さっさと寝ちゃう？

いい夢でも見ているような慎一の顔に、美邦は心の中で文句を言った。

再婚するから安全だって言ってたくせに、そういう思わせぶりなことを口走るのはどうかと思う。

いや、でも……慎一はそんなつもりはなく言ったのかもしれない。

なにか意味ありげに聞こえたのは……。

そう思いかけ、美邦は心のひとり言を急いで止《や》め、瞬のほうを見た。

「見てごらん。朝寝坊のくせに、昼寝しちゃったよ」

声をかけると、瞬は急いでそばに来て、慎一の顔を覗《のぞ》き込《こ》んだ。

サブレとスフレもやってきて、慎一の身体をくんくんと嗅《か》ぎ始める。

「この状況……なんか、森でうっかり死体発見したみたいだなぁ」

思わず口走ったが、瞬がきょとんとしているのを見て、しまったと思った。

死体なんて単語は、まだ教える必要はないし、こういう冗談も幼児向けとは思えない。

「えっと……風邪ひいちゃうといけないから、葉っぱのお布団《ふとん》着せてあげようか?」

美邦が提案すると、瞬は急いで落ち葉を拾い、慎一の身体にふりかけた。

「もっといっぱいかけてあげなきゃ」

美邦が笑うと、見ていたサブレとスフレが、後ろ足で落ち葉を蹴散《けち》らし始めた。

「ぶーもふーも、手伝ってくれてるよ」

なんでも瞬のやることを真似《まね》する二匹に、美邦は声をたてて笑った。が、

「くーちゃん……」

「え?」

慎一が名前を呼んだので、美邦は手を止めた。

けれど、目を開ける様子はなく、どうやら寝言だったらしい。

今の、なんだったんだろう……。

美邦は顔が赤くなった気がして、あわてて落ち葉を慎一にかけた。

「どんな夢見てるんだろうね」

瞬に言いながら、くすぐったいような気分になってくる。

「瞬、くーちゃん……早く起きて散歩行かなきゃだめだろ……」

いつも起こされる立場なのに、夢の中では現実とは逆になっているらしい。

可笑《おか》しかったが、それよりも、名前を呼んだのは、それだけのことだったんだとわかり、ち

ょっとがっかりした。

「くー……」

慎一がまた言った。

美邦はカッと赤くなり、

「今の、寝息……マンガみたいだったね」

言い訳をしたが、瞬の姿はなく、少し離れたところで犬たちと落ち葉をかき集めていた。

美邦は落ち葉を手にとり、慎一の額《ひたい》にのせた。

「大学の先生に化《ば》けたタヌキ……なんてね」

誰も聞いていない冗談を言い、美邦はふっとため息をつく。

やることがなくなり、眠ってしまった慎一の顔を見つめていると、くしゃみがひとつ出た。

慎一を起こしたかと思ったが、大丈夫だった。けれど、瞬が駆け寄ってきて、美邦の手を引っぱった。

「な、なに？　帰らなくても大丈夫だよ。え？」

瞬は、慎一の隣に寝るようにと目で訴《うった》えている。

「僕はいいよ」

笑顔で断ったが、瞬は首を横に振り、じっと美邦をにらんだ。

「……わかったよ。寝るよ。寝ます」

美邦が慎一の隣に寝転がると、瞬は嬉々《きき》とした顔で美邦に落ち葉をかけ始めた。風邪をひかないようにということだろう。

日向《ひなた》の地面からは、大地の温《ぬく》もりがほのかに伝わり、木立《こだち》の隙間《すきま》の空は青く、陽射しはやわらかで……。

瞬と二匹のたてる、落ち葉をかき集めたり踏みしめたりする、カサカサと乾いた音が耳に心地よく、なんだか瞼《まぶた》が重くなってきた。

とろとろと眠気が身体を包み込むのを感じながら、箍《たが》のゆるんだ心から、なにかが流れ出してくるのがわかった。

慎一の寝顔を見ながら、キスしたいと思っていた。くしゃみが出なかったら、居眠りタヌキに悪さをしていたかもしれない。

瞬の父親としか見ていなかったのに、慎一を男性として意識している。

落ち葉の布団の中、美邦は慎一の指にそっとふれた。

と、慎一の手が美邦の手を握りしめてきた。

どきんとし、美邦は身体を固くした。

起きているんだろうか？　いや、違う。

気持ちよさそうな、深い寝息が聞こえてくる。

ずっと瞬と手をつないでいたから、夢の中でもつないだままなんだろう。

美邦はほっと息をつき、空を見上げた。

そして、慎一の手の温もりを感じながら、自分に言い聞かせていた。

どんなに好きになっても、自分には慎一に恋をする資格はない。

なによりも、慎一は自分とはいっしょにはいられない未来を用意している。

最初からわかっていることなのに、こんなにやさしい時間を過ごしていたら、自分の心を偽《いつわ》るのはもっと難しくなるのかもしれない。

でも、きっと今なら間に合う。

美邦は目を閉じ、芽生《めば》えかけた、いや、すでに育ち始めている想いを、胸の奥へと沈めていった。


落ち葉の森で、慎一に抱いている気持ちを押し込めることに成功したつもりで、そしらぬ顔で過ごしていたら、ずっとつづいていた秋晴れの空が、自分の代わりにどんよりと曇《くも》ってきてしまった。

なんてことを、本気で思っているわけではないけれど……。

慎一に、風や雨などの気象を司《つかさど》る自然の神たちと、無意識に交流をしている人間がいると聞かされたせいで、空が曇ってきたという、ただそれだけのことが、自分の気持ちの表れのように思えてきてしまう。

散歩に出かける前は、午前中いっぱい天気が持ちそうだったのに、帰る頃になって急に空が暗くなり、細かい雨が降り始めてしまった。

「ごめんね、瞬。やっぱ、傘《かさ》持ってくればよかったね」

美邦は、苦笑いをしながら自分のパーカを瞬に着せ、頭にフードを被《かぶ》せた。

瞬は、心配そうに美邦の顔を見上げた。

「僕は大丈夫。瞬がレインコートになってくれればだけどね」

明るく言って、美邦は瞬に負《お》ぶさるようにと背中を向けてしゃがんだ。

「じゃあ、しゅっぱーつ」

瞬を背負《せお》い、サブレとスフレといっしょに駆けだしたが、

「え……?」

七井橋《なないばし》を渡りかけたとき、霧雨《きりさめ》の中を、見慣れた姿が近づいてくるのが見えた。

そんなわけ、ないよね?

美邦は足を止め、確かめるように雨に目を凝《こ》らした。

間違いない。傘を差していてもわかる、長身の……。

「慎さん……」

美邦はつぶやき、橋の真ん中に向かって歩きだした。

嬉しいとか、助かったとか、そんな言葉で言い表せる感情じゃない。胸がどきどきいって、苦しいような、泣きたいような想いでいっぱいになる。

「おはよう、おふたりさんとコブタくんたち」

目の前に来ると、慎一は瞬を背負った美邦に、傘を差しかけた。

「いつもまだ寝てる時間なのに……よく起きられたね」

胸の高鳴りを隠し、美邦は冗談めかした。

「多喜《たき》に電話で叩き起こされたんだ。雨が降りそうだから、公園まで迎えに行ってこいって」

それは嘘だ。多喜が迎えを寄越《よこ》すなら、仕事で疲れている慎一ではなく、すでに出勤している健介《けんすけ》に頼むはずだから……。

「じゃあ、その荷物もらおうか」

慎一は瞬を美邦の背中から引《ひ》き剝《は》がし、自分で背負うと、サブレとスフレを抱き上げた。

「ちょっと狭いけど、うちと同じってことで」

みんなでひとつの傘に入って帰ろう。慎一の意図《いと》がわかり、美邦は笑顔でうなずいた。

本当は泣きそうだったけれど、がんばって笑ってみせた。

こんなふうに、ずっと寄り添っていられたらいい。それだけで、もうなにもいらない。

なのに……。

どうして、自分は結ばれない人ばかり好きになってしまうんだろう。

恋はもうしない。してはいけない。決心は固かったはずなのに……。

きつく縛《しば》った結び目が、些細《ささい》なことで、ふいにほどけてしまうことがある。

きっかけは、突然の雨だったけれど……。

固く結んだつもりの結び目が、本当はもうほどけかかっていたからだった。


この想いを、どうしよう……。

自分に問いかけても、答えが見つかるはずもなく、穏やかな時間だけが目の前を過ぎてゆく。

気づかれないように、ただ想っているだけなら罪にはならない。慎一を困らせることもない。

でもそれが、応急処置でしかないことを、自分がいちばんよく知っている。

兄のときと同じことを、懲《こ》りずにまたくり返しているということも……。

でも、瞬と慎一が笑って過ごしてくれていれば、とりあえず安心できる。自分はまだここにいていいんだと、思っていられる。

「多喜さん、お酒好きなはずだよね」

キッチンで春巻《はるま》きを揚《あ》げながら、多喜がスイーツよりも酒の肴《さかな》が得意だと言っていたことを思い出し、美邦はなるほどと思い笑った。

多喜の実家から、両親と兄夫婦が経営するワイナリーのワインが届き、カフェのスタッフにもということで、健介と美邦もお裾分《すそわ》けに与《あずか》ったのだ。

「意外かもしれないけど、ロゼのワインには中華が合うんだ」

美邦はそう言って、エビチリと春巻き、くらげと鶏《とり》のささ身のサラダを、手早く用意した。

「家に料理人がいて、目の前で魔法みたいにワインに合う肴を作ってもらえる。なんて贅沢《ぜいたく》な夜なんだろうな」

幸せそうに晩酌《ばんしゃく》のワインを飲んでいる慎一を、美邦も幸せな気持ちで見つめた。半分は、胸が痛くなるような切ない思いで。

こんなときに、アルコールを口にするのはどうだろうと思った。でも、ワインの助けを借りて、心をラクにしたいという気持ちのほうが、今夜は勝《まさ》っていた。

「毎日好きなだけ仕事に没頭《ぼっとう》して、おいしいものを食べさせてもらって……今の俺の生活は、竜宮城《りゅうぐうじょう》で歓待《かんたい》されてる浦島太郎だよな」

褒《ほ》め言葉だとわかっているけれど、物語の筋《すじ》を考えると、素直には喜べない。

「……そんなに楽しかったのに、太郎はどうして帰りたいって思ったのかな」

慎一に当てはめれば、それはつまり、今の生活を終わりにして、再婚するということだった。

わかっていて、わざと言ってみた。

「アインシュタインの相対性理論《そうたいせいりろん》を学生に説明するときに、よく浦島太郎の話を例にとるけど……ほんとは、楽しい時間はあっという間に過ぎ去るって話じゃなく、夢の世界は夢でしかないって話なんだよな」

お伽噺《ときばなし》の解釈をしてほしいわけじゃない。

美邦は慎一を見つめた。

「竜宮城は、こっちの現実には存在しない異世界なんだ。それも夢のように楽しい。そんな夢みたいな場所には、現実の人間は居つづけることができないんだ。だから太郎は、帰りたいって言うしかなかったんだよ」

よくわかる説明をありがとう。でも、そんなことはどうでもいい。

「じゃあ、僕と今こうして暮らしてることは、慎さんにとっては夢だってこと？」

「……そうだな。夢みたいに幸せって意味では、そういえるかもしれない」

「……」

胸がどきんとなった。

ワインのせいだろうか。慎一が珍しく本音を垣間見《かいまみ》せるような言葉を口にした。

竜宮城から帰りたくないって、思ってくれてるってこと？

そんなふうに感じる心があるのなら、教えてほしい。

「前から一度訊きたかったんだけど……慎さんは、どうして再婚したいの？　世間体《せけんてい》とか、そんなんじゃないよね」

そうあってほしくなくて、わざと答えの先回りをした。

「そんなんじゃあ、ないな」

美邦はほっとし、でも、まだ納得はできない。

「だったら……どうして？」

慎一は苦笑いを浮かべ、ひと口ワインを飲んだ。

それから、観念したように口を開いた。

「人間の男だと思って結婚して、子供までもうけたのに、ある日……妻は男がカエルだったことを知ってしまいました。騙《だま》されていたことに怒った妻は、カエルとのあいだに生まれた子供も愛せなくなりました。これ以上育てることはできないと、子供を置いて出ていってしまいました」

「……」

慎一が一気に語った物語に、美邦は思わず言葉を失った。

口にはしたことがなかったけれど、どうして子育てに向かない慎一のほうが瞬を引き取ったんだろうと、不思議に思っていた。

理由がわかったのに、自分から訊ねたのに……慎一の喩《たと》え話が痛すぎて、どんな顔をしていいのかわからなかった。

「あいつ……離婚したあとも、しばらくは保育園に行ってたんだよ。でも……友達に、どうして送り迎えがお母さんじゃなくなったんだって何度も訊かれて……答えたくなかったんだろうな。口きかなくなって、保育園にも行かなくなったんだ」

答えたくないだけでなく、ほかの子たちが母親といるのを見るのも、つらかったんだろう。

美邦はなにも言えず、黙って慎一の言葉に耳を傾けた。

「だから……いずれは再婚して、あいつに母親を返してやらなきゃいけないと思ってる」

瞬に母親を返すため……。

胸の中でその言葉を噛《か》みしめると、苦い薬を飲んだときのような味がした。

慎一らしくないと思いながら、再婚する理由があるとしたら、世間体や出世くらいしか考えつかなかった。

女性と家庭を持ちたいわけじゃなく、瞬が失ったいちばん大きな存在を、自分の手で返したいと思ったからだったのだ。

どうして自分は、最初に慎一が再婚すると聞いたとき、そのことを思いやれなかったんだろう。慎一の照れ隠しのポーズに騙《だま》されて、困った父親だと思い込んでいた。

美邦は、どこへ向けていいかわからない視線を、ワイングラスの中に落とした。

「なんだなんだ。リクエストに応《こた》えて話したのに……そんな盛り下がるなよ。せっかくの、おいしいワインと料理が台無しになっちゃうだろ」

慎一は笑って言ったけれど、美邦は笑い返せなかった。

瞬を幸せにしたいというのは、自分だって同じだ。瞬に責任を感じているのもわかる。

でも……慎一自身の幸せはどうなるんだろう。

少なくとも一度、慎一はその選択が自分を幸せにはしないことを、身をもって体験しているはずなのに……。

「慎さんは、瞬のために本当の自分を否定して……残りの人生、それで平気なの？」

美邦は、責めるような口調で言っていた。

慎一がどんな人生を選択しようが、それは本人が決めることだ。

自分が今ここにいて、慎一を幸せな気持ちにさせていたとしても、それは竜宮城にいるのと同じ、ひとときの夢に過ぎない。

それに……最初から、恋はしないという前提で始めた関係だ。

でも、聞きたい。慎一が本当はどう思っているのか。

「望んでというのとは違うけれど、だからって、仕方なくするわけじゃない。相手の女性に対しても、こんどこそ誠実でいなきゃいけないって……思ってるしね」

慎一はやさしいし、面白いし、仕事熱心だから、ゲイである自分を捨ててしまえば、きっと妻になった人は幸せな結婚生活を送れるだろう。

「慎さんの気持ちはもう決まってて……それで、多喜さんはあんなに念押ししてたんだね……」

「いや、あれは……俺が一度過《あやま》ちを犯《おか》してるから、多喜に信用されてないだけだよ」

慎一は苦笑いをし、グラスにワインを注《つ》ぎ足《た》した。

美邦にも勧《すす》めようとしたので、グラスを手のひらで覆《おお》った。

自分と慎一が、なによりも大切に思い、幸せになってほしいと願っているのは、いつだって瞬のことだった。

なのに、自分の中で、どうしようもなく身勝手な感情が湧《わ》いてくる。

「恩返しに来た動物の女房たちは……機《はた》を織《お》ったり、料理を作ったりするだけじゃないよね？」

美邦の問いかけに、慎一は黙ってワインを飲んだ。

自分がなにを言おうとしたのか、慎一にわからないはずがない。

身体の奥が熱くなり、ワインの中の理性の箍《たが》をゆるめる成分が、ゆっくりと効いてくるのがわかった。

言ってはいけないとわかっているのに、口にしてしまいたい自分がいる。

今ここに瞬がいれば抑《おさ》えられるのに、目の前には慎一だけがいる。再婚するくせに、もう恋はしないと決めた自分を、こんなにも好きにさせた男が……。

「僕は鶴《つる》や天女じゃない。でも、慎さんのために……その役目をすることはできると思う。もしも、慎さんの身体が寂《さみ》しい夜があるのなら……」

美邦はすがるように、慎一の腕をつかんだ。

「ありがとう」

慎一は笑顔で答え、美邦の手をそっとほどいた。

「でも……君はクレマチスじゃない。今は恋をするのがこわくなってるだけの、普通に幸せになれる人間なんだよ。そんなふうに簡単に、俺みたいな男に自分を差し出しちゃだめだ」

「……」

美邦は唇を噛み、首を横に振った。

そんなんじゃない。そんなわけない。

「人のことだけじゃなく、もっと自分を大事にしなきゃだめだよ」

遠まわしに、叱られたのがわかった。

でも、素直に謝る気にはなれない。自分の中でずっと押さえつけてきた、身勝手な自分が嫌だと叫んでいる。

「今の言葉……そのまま慎さんに返すよ」

立ち上がった拍子《ひょうし》に、ワイングラスが手に当たって倒れた。

美邦はグラスを起こそうともせず、慎一をまっすぐに見た。

愛って、いったいなんだったんだろう。

誰かを大切に思い、見返りを期待せずに与えること。でも、それだけだっただろうか？

もっと自分勝手で、自分に正直な、押さえつけられることを望まない、自由な……。

そう思った瞬間、カウンターの上の動物折り紙が目に入った。

と同時に、思い出す。

自分と慎一がつくったのは、瞬を幸せにするための期間限定の家族だったことを……。

慎一に謝って、許してもらおう。

理性はそう言ったけれど、心は違うことを叫んでいた。

いっそ嫌いにさせてくれればいいのに……もっと好きになるようなことを言うなんてひどい。

「再婚する理由……出世や世間体のためだって、言ってくれればよかったのに……」

伝えることのできない想いを、そんな言葉に置き換え、美邦は逃げるように部屋から飛び出した。


慎一が悪いことでもしたように、責めて、そして家を飛び出してきてしまった。

いろんな言葉を慎一にぶつけながら、結局は、抱いてくれないのなら出ていく、それだけのことだった。

まるで、おねだりを親に拒否された駄々《だだ》っ子《こ》のようで、急に自分が口にした言葉のすべてが恥ずかしく思え、そして、慎一に拒否されたことが悲しかった。

井の頭公園につづく七井橋通り。過ぎていく夜風が、馬鹿なことをしてしまった自分に説教をしているように思え、夜空では、白桃《はくとう》のシャーベットのような丸い月が、冷めた眼差しで見下ろしていた。

もうあの家には戻れない。

冷静さを欠いていた状態から、すっかり酔いが覚め、ますます自分のしたことへの後悔と焦燥感《しょうそうかん》が押し寄せてきて、どうしていいのかわからなかった。

なぜ自分は、こんなにも恥ずかしく、慎一を困らせるようなことをしてしまったんだろう。瞬のことが気がかりで、家に帰りたかったけれど、慎一と顔を合わせる勇気がない。

出会った頃には、慎一が瞬に対していいかげんすぎると怒っていたくせに、慎一が瞬のために自分を犠牲《ぎせい》にしているのを知ったとき、なぜ素直にいい父親だと尊敬の念だけを抱けなかったのか……。

美邦は空を見上げ、

「どんだけ馬鹿なんだろ……」

笑いながら、シャーベットの月に言った。

慎一のことを、好きになってしまった。

恋する資格もないくせに……。

涼やかな虫の声に宥《なだ》められ、冷静さを取り戻したものの、美邦はどうしても家に帰ることができず、公園の野外ステージのそばのブランコに、所在《しょざい》なく座っていた。

逃げ込む店はいくらでもあるけれど、ひんやりと冷たい夜風に吹かれ、頭を冷やしたかった。

それにしても……と美邦は思う。

恋を捨てたはずの自分の中に、まだこんなにも情熱的な感情が残っていたなんて、なんだか可笑《おか》しい。

子供の頃から、ふだんは大人しいのに、自分がそうしたいと思ったり欲しいと思ったら、誰に止められても行動に起こしていた。

それで失敗したり傷ついても、そういう生き方を変えるつもりなどなかった。

兄のひと言で、公立の教育大学から調理師学校へ進路を変更したときも、あまりの決断の早さに、母も担任の教師も呆《あき》れていた。

そんな自分を捨てたのは、義姉《あね》の死のあと、自分しか見えなくなることがこわくなったからだった。

でも、切り捨てたつもりの自分は、なにごともなかったかのようにここにいた。

「やっちゃった……ってやつ?」

月につぶやくと、美邦は投げやりなため息をついた。

「なにをやっちゃったんだ?」

「……!?」

突然、声をかけられ、美邦は顔を上げた。

目の前に立っているのは、慎一だった。

迎えに来てくれたことが嬉しく、ほっとしながら、

「わかってるくせに、訊くかな。見てのとおりだよ」

美邦は憎まれ口を叩いた。

慎一は目を細め、美邦の隣のブランコに座った。

けれどなにも言わず、黙ってただ隣にいるだけだった。

迎えに来てくれた嬉しさと安堵は、しばらくすると、さっきまで感じていた恥ずかしさと悲しさにゆっくりと変わっていった。

このまま黙っていたら、言葉の代わりに涙が出てきそうな気がした。

「……ごめんなさい」

ちゃんと気持ちを伝えて謝りたかったのに、ひとりで反省しすぎて、それしか言葉が出てこなかった。

「いや、こっちこそ。きれいごと言って……素直に感謝しなきゃいけない話だったのに」

「違うっ」

やさしい言葉を、美邦は思わず叩き返した。

慎一の寛容《かんよう》な眼差しを見たとたん、冷静になったはずの心に、また波が立ち始めた。

いっそ嫌われるような、自分でも許せない部分を見せてしまいたくなった。

感情は波に似ている。静まったかと思ったら、また押し寄せてきて、自分じゃ止めることができない。

「慎さんが寂しいならなんて……言い訳で、恋はもうしないって口では言いながら、自分が……抱いてほしかったんだ」

「……」

慎一は驚いた顔で美邦を見た。

呆れたよね？　嫌いになったよね？　美邦は視線を離さず、慎一を見つめた。

「じゃあ……くーちゃんが失恋した相手っていうのは、男性だったのか？」

慎一に問われ、思わず苦笑いを浮かべる。

驚いたのはそっちですか……。

端《はな》から恋愛対象としては、見てもらえていなかったことがわかり、美邦は、脱力しながらうなずいた。

「そうか……だったら、さっきの言葉、取り消さないといけないな」

「え？」

美邦は顔を上げ、慎一を見た。

「君も失恋して寂しいこと……思いやってやれなくて、自分たち親子ばっかりが甘えていて……ほんとに悪かった」

やさしくて残酷《ざんこく》な慎一の言葉に、美邦は笑顔を浮かべ、胸の中でため息をついた。

抱かれたいと思ったのは、ただ身体の欲求を満たしたいからじゃない。それも含め、心が慎一を求めていたからなのに……。

「でも、そんな気持ちになれたんなら……新しい恋ができるようになったってことじゃないのか？」

美邦は、首を横に振った。

恋ができるようになったんじゃない。慎一を好きになってしまっただけだ。

自分以外の誰かと恋をしたほうがいい。慎一はそう思っているんだろうか。

ほかの誰かと恋をしろと言われるくらいなら……。

お互いの欲求を満たすために抱きあおう。そんなふうに言われたほうがマシだった。

「別れた彼のこと……まだ忘れられないのか？」

忘れることはできない。でも、それは今も好きだからという意味じゃない。

美邦は唇を噛み、思った。

言ってしまおう。誰にも言えず、ずっとひとりで抱えているのが苦しかったこと。そう、どうして自分には恋ができないのか。慎一に聞いてもらいたい。

弟のように自分を可愛《かわい》がってくれ、心配してくれている慎一に、甘えてしまおう。

そして……。

途中で何度か泣きそうになるのを堪《こら》え、美邦はやっと、自分には幸せな恋をする資格がないことと、そうなった理由を打ち明けた。

慎一はしばらく黙っていたが、息をひとつつくと、口を開いた。

「くーちゃんが想ってた人は、いっしょに暮らしてたお兄さんだったのか……」

慎一の言葉に、美邦はため息で答えた。

話を聞いてもらい、心が軽くなるのと同時に、あることに気づいてしまった。

「慎さん……」

美邦は顔を上げ、言った。

「今やっとわかった。恩返しをさせてほしいなんて言って、慎さんと瞬に家族にしてもらったけど……ほんとはただ、自分の罪の意識を埋めあわせたかっただけだったんだよね……」

誰かのためにしていたつもりが、自分のためだったなんて……。

そんなのは、愛でもなんでもない。

「俺が竜宮気分で浮かれてたあいだ……つらい思いさせてたんだな」

慎一の言葉に、美邦は大きく首を振った。

「慎さんには、もう手に入らないと思っていた居場所をもらったし、瞬には失った温もりを与えてもらって……恩返しなんていくらしても足りないくらいだから……」

でも、それもすべて、自分勝手な思いからしたことだった。

言葉を継《つ》げず、美邦が涙ぐむと、

「くーちゃん、泣かなくていいよ」

慎一はふっと笑った。

「人がひとり、突然この世からいなくなったりしたら……そんなふうに思ってしまう気持ちもわかるよ。でも、それは正しくない。はっきり、いや、断じて間違ってると言わせてもらうよ」

「……」

涙を浮かべながら、美邦は慎一を見た。

「人の宿命は、普通に誰かがなにかを思ったくらいじゃ変わらないよ。たとえ他人の強い念の影響受けるとしても、その人の中に罪の意識があるときだけ……外側から一方的に傷つけられることはないいんだよ」

自分にそんな力があるなんて、思っていたわけじゃない。ただ、なにげなく願ったことが、兄や稜《りょう》を悲しませる形で起きてはじめて、身勝手な思いだったことだと気づき、自分が許せなくなった。

「でも、どっちにしても、今の話はくーちゃんには関係ないことだけどね」

「え……?」

美邦は、驚いて慎一を見た。

「だって、君が感じた気持ちは、人を好きになったやつなら誰でも抱く、自然な感情だろ？　ずっとそばにいたいとか、自分だけのものになってほしいとか……いいも悪いもない」

　そう言って、慎一は微笑《ほほえ》んだ。

「くーちゃんは、お兄さんに恋してただけじゃないか」

　恋してただけ……。

　慎一の最後のひと言に、ずっと思い出さないようにしていた、兄を想っていた頃の切ない気持ちが一気に蘇《よみがえ》ってきた。

　でもそれは、今慎一に感じている気持ちそのものでもある。

　恋してるだけ……。

　美邦は、目からぽろぽろと涙を落とした。

「また……誰かを好きになっても、いいのかな……」

「君が自分で禁じてただけで、誰もそんなこと、くーちゃんにしろって言ってない。言うわけがないだろ」

　泣いている美邦を、慎一は背中からやさしく抱きしめてくれた。

　忘れられないのかと訊かれたとき、はっきり違うと言わなかったから、慎一にまだ兄を想っていると誤解されてしまった。

　だから慎一は、自分が新しい恋をできるように励ましてくれている。

でも、それでいい。言わなくてよかった。
本当の気持ちを伝えても、慎一を困らせるだけだから……。
セーター越しの慎一の体温。しっかりと抱きしめてくれる腕、広い胸。
こんなにも安心で、温かな場所はほかにはない。
心を自由にしてもらったのに、いちばん好きな人を好きになることはできない。
恋してもいいと言われても、慎一以外の、いったい誰を選べばいいんだろう。

5

昨夜《ゆうべ》、そんなことがあったことを知らない瞬《しゅん》は、今日も朝から晩まで、無邪気な笑顔で美邦《みくに》を癒《いや》してくれていた。

瞬を助けたいと思っていたのは、いったいなんだったのか。気がつけば、救われているのは、いつだって自分だった。

「瞬、もう終わるから……ん？」

いつものようにいっしょに風呂に入り、瞬の髪や身体を洗い、最後にシャワーで自分の髪の泡を流していると、湯気《ゆげ》で曇《くも》った鏡に、瞬が指で絵を描いているのが見えた。

「なに描いて……」

訊《き》こうとし、美邦はシャワーを持つ手を下ろし、鏡を見つめた。

それは、三人の人物が横並びに手をつないでいる絵だった。

誰を描いたのかは訊くまでもなく、不覚にも涙が出てきてしまった。

湯気と髪から滴《したた》るしずくで、瞬には気づかれることはなく、

「これだと消えちゃうから、こんど画用紙に描いてよ」

美邦は笑顔をつくり、明るくリクエストをした。

今自分がいる場所は、慎一《しんいち》の言葉じゃないけれど……やっぱり竜宮城《りゅうぐうじょう》なのだと思う。

悲しいけれど、答えはわかっていた。

自分がまた結婚したいからじゃなく、瞬に母親を返してやりたいから。そう思っている慎一を、欲しいと言うことはできない。

でも、だったらそれでいい。

今いちど、自分の気持ちを手放そう。慎一がそうしたように、自分も。

ここへ来た目的、そして、自分がいちばん望んでいたことはずっと、瞬が幸せになることだったんだから……。


「瞬、ちゃんと拭《ふ》かないで出ちゃやだめだよ」

まだ半分濡れたまま、瞬が脱衣所《だついじょ》を飛び出していった。

美邦は急いで腰にバスタオルを巻き、あとを追った。すると、

「こら、瞬。床に足跡スタンプがペタペタついてるぞ」

仕事をしていたはずの慎一が、瞬を捕まえていた。

「あ……」

美邦はとっさに、タオルの合わせ目を手で押さえた。と同時に、自分が赤くなったのがわかった。

「し、失敬《しっけい》……」

慎一は、捕まえた瞬ごと後ろを向き、

「こ、こちらこそ」

美邦はあわてて自分の部屋に飛び込んだ。

後ろ手にドアを閉め、大きく息を吐き出す。

「なにやってんだよ……」

以前はこんなことは一度もなかった。

慎一は美邦に対して、教え子か年の離れた兄弟のように接していたのに……。

お互いがゲイだということを知れば、年齢など関係なく、恋愛やセックスの対象になる可能性を意識する。それは、慎一も例外ではなかったらしい。

でも、慎一の態度が変わったのは、こっちに気を遣《つか》ってくれているだけで、自分が慎一を男として意識しているのとは意味が違う。

そのほうがいいとわかっていて、交《まじ》わらない思いが悲しくもあった。

「なんで、だよ……」

美邦は、どきどきいっている胸を押さえ、ドアの前にしゃがみ込んだ。

同居が決まったとき、自分がゲイであることを隠したほうがいいと思ったのは、やっぱり正しい判断だった。

それを今、身をもって実感しているから、断言できる。

散歩を終えたサブレとスフレをデッキテラスのベンチにつなぎながら、美邦はため息をつく。

すると、瞬が心配そうに顔を覗《のぞ》き込《こ》んできた。

「べつに疲れてるんじゃないよ。秋が深まると、大人はため息をつきたくなっちゃうんだ。瞬も大人になったら、わかると思うけど」

美邦が答えると、瞬は首をかしげながらうなずいた。

「じゃあ、朝のミーティング行きますか？」

明るく言って、美邦は瞬を連れてスタッフルームに向かった。

瞬は人の気持ちに敏感な子供だから、気をつけてやらないといけないのに……。

家族として和《なご》やかに暮らしていたところに、今までなかった要素が加わったせいで、慎一と自分は、お互いをヘンに気遣い、なんだかぎこちない。

瞬も今までと違う空気に気づいているらしく、自分と慎一がケンカでもしたんじゃないかと、不安そうな顔をすることがある。

そのたびに、仲良しだから大丈夫だと言って聞かせているが、子供に覚《さと》られるほど不自然なのは、やっぱり問題だった。

「人が話してるのに、なにうつむいてるの？」

いつも目を見て聞くようにしていたのに、多喜《たき》に注意されてしまった。

「すみません。ちゃんと聞いてます」

美邦が謝ると、多喜はなぜか肩をすくめた。

「くーちゃんは、ほんとはすごく勇気があるくせに、大事なことには使わないのね」

「な、なんですか」

いきなり、話の流れと関係ないことを言う多喜に、美邦は思わず怪訝《けげん》な口調になった。

「あら、気を悪くした？　でも、悪口じゃないわよ。見てて、そうだなって思っただけ」

「思っただけなら、見てればいいだろ。わざわざ言わなくても」

珍しく、温志《あつし》が多喜を窘《たしな》めるようなことを言った。助け舟を出してくれたらしいが、ふたりがなにを話題にしているのかわからない。

「仕事でなにかミスしてたんなら、改めますから、はっきり言ってください」

美邦は、ふたりに向かって言った。

「いや、改めるなら多喜のほうだよ。君はもうちょっと、なにごとも長い目で見るってこと覚えたほうがいいと思う。とくに俺のことに関して……てっ」

温志が言い終わらないあいだに、多喜の鉄拳《てっけん》が頭に飛んだ。

「直せるものとそうじゃないものがあるって、いいかげん学習しなさいよ」

「だったら、俺のこともちょっとは寛容《かんよう》な眼差しで……あ、いい。けっこうです。今のままで感謝してます。多喜のおかげで、俺の夢が叶《かな》ったってこと。はい」

平謝りする温志に、多喜は拗《す》ねた女子高生のようにふいと横を向いた。

「なんで怒るんだよ……」

温志が困った顔をすると、多喜は背中を向けたまま言った。

「あっちゃんの夢は、私の夢でもあるんだから……そのこと忘れないで」

多喜は、ふたりきりのときには、温志のことを『あっちゃん』と呼んでいるらしい。

自分のことからなぜか夫婦ゲンカになり、結局なんの話なのかわからなかったけれど……。

「同じ夢を育てていけるって、素敵ですよね」

一件落着したようなので、美邦はほっとしながら言った。

「そんなうらやましそうな顔しなくても、くーちゃんも誰かといっしょに育てればいいじゃん」

今まで黙って見ていた健介《けんすけ》が、突然そんなことを言った。

「だ、誰かって……?」

美邦が戸惑って訊き返すと、

「そんなこと、俺が知ってるはずないっしょ。自分で見つけなきゃね？」

健介は、多喜に話を振った。

「そうね。私も温志の言うとおり、くーちゃんに恋人ができるのを、長い目で見守ってるわ」

「……」

美邦はぽかんとなり、脱力した。

そういう話……？

自分が恋をしないと宣言したことは、健介も含め、スタッフ全員が知っている。若いんだから恋をしろと、応援してくれるのはありがたいことだと思う。

でも、長い目で見守られても、どんなに応援してもらっても、がんばることはできない。

自分の恋には、目指すべきゴールがないのだから……。


深夜の厨房《ちゅうぼう》、美邦は青リンゴのムースの味見をし、ため息をついた。

「やっぱ、違う……」

そう言って、はっと顔を上げる。

厨房でため息をつくと、料理がまずくなると多喜に叱られる。多喜がいなくても、気をつけなくては……。

美邦は背筋を伸ばし、気を取り直して、リンゴのピューレを作るところからやり直す。

勤務中は気を張っているけれど、家に戻るとつい、知らずに瞬の前でため息をついたりしてしまう。

秋だからという言い訳は、子供にはピンとこないようで、沈んでいると、美邦を植物の精霊だと思っている瞬は、コップに水を入れて持ってきたり、太陽を浴びるようにベランダや窓辺《まどべ》に引っ張っていったりする。

それに追《お》い討《う》ちをかけるように、クレマチスの花が散ってしまった。種をつけ始めただけで、けして病気ではなく、また季節が巡《めぐ》ってくれれば花を咲かせるのだと、慎一が説明し、瞬も安心していたが、こんな自分の様子が気になって仕方ないようだった。

瞬を元気にさせたくてそばにいるのに、逆に心配をかけているなんて、本末転倒もいいところだった。

だから今、店の売りになる定番スイーツを考えてほしいと頼まれたのは、精神的に救いになっていた。

なにもかも忘れ、熱中できることがあるのはいいことだ。

それにもうひとつ、絵本を読んで瞬を寝かしつけたあと、カフェの厨房にこもることで、夜に慎一とふたりきりになる気まずさを避けることができた。

「なにが悪いんだろ……」

もう一度試してみたが、どうしても納得のいく風味が出せない。

材料をムダにしているだけの気がして、美邦はまたため息をついた。

「くーちゃん、ひと息入れたら？」

声に振り向くと、温志がコーヒーカップを手に立っていた。

「がんばるのはいいけどさ……食べた人を幸せにするもの作るには、作ってる人間が幸せな気持ちじゃなきゃだめだよ」

やさしい忠告が、すっと胸に刺さる。

「俺は料理のことはわからないけど、一杯のコーヒーや紅茶でも、淹《い》れる人間の気持ちで、味も香りも変わるからね」

そのとおりだった。深い香りの立ち昇るカップを受け取りながら、美邦はうなずいた。

「まずは、くーちゃんが幸せでいることだよ」

温志の言葉は、今の美邦には泣きたいほどありがたく、それ以上に痛くもあった。

温志は知らない。自分が好きになってはいけない人に、恋していることを……。

でも、それよりも、こんなに周りに心配をかけて、いったい自分はなんのためにここにいるんだろう。

恩返しだなんて言っていたくせに……。

なにもかもがうまくいっていて、毎日が幸せだったのに……。

どうして、こんなことになったんだろう。


自分が幸せでなければ、人を幸せにさせるスイーツは作れない。

温志の言葉が気になって、昨夜はほとんど眠れなかった。

スイーツのヒントというだけでなく、とても大事なことを言われたのに、自分ではどうすることもできない気がして……。

美邦は弁財天《べんざいてん》の社《やしろ》の前で、瞬に気づかれないように、こっそりため息をついた。

仕事中だけは気を引き締めていたつもりが、料理に気持ちが入っていないことを、多喜に見抜かれていたのだ。

すぐに謝ったが、許してもらえず、瞬と犬たちを連れて散歩に行ってくるようにと言われ、厨房から追い出されてしまった。

『これは忠告じゃなくて、業務命令よ』

多喜は弁天《べんてん》さまに寄ってお願いごとをするようにと、美邦に五円玉を押しつけた。商売繁《はん》盛《じょう》ではなく、自分の本当に望んでいることを素直にお願いしてきなさいと。

誰にも、ひと言も悩みを打ち明けていないのに、温志からも多喜からも励《はげ》まされるということは、今の自分はよっぽど不幸そうに見えるのかもしれない。

こうなったらもう、神頼みしかない気がしてきた。

かといって、多喜に言われたとおり、慎一と結ばれますようになどと、素直にお願いするわけにはいかないのだった。

美邦はちらりと、横にいる瞬を見た。

今日二度目のお参《まい》りなのに、瞬は朝と同じように真剣にお祈りをしている。

なにを祈っているんだろうと思いながら、その無心《むしん》な姿に心が和《なご》み、思わず笑みが浮かんでしまう。

やっぱり、自分のいちばんの願いはこれしかない。

美邦は手を合わせ、心から祈った。

瞬が話せるようになりますように。

一日も早く……。


美邦がどっちの道を行こうか迷っていると、瞬が御殿山《ごてんやま》の雑木林《ぞうきばやし》の方向を指差した。

「あっち行きたいの？　そうだな。多喜さんに頭冷やしてこいって言われたし……森の中でリフレッシュしようか」

思いがけずもらった時間に、少し気持ちが回復してきた気がする。

「じゃあ、出発」

美邦は明るく言ったが、サブレとスフレに引っ張られるようにし、雑木林につづく細い坂道を登っていくと、なんだか息が切れてきた。

「君たち……もうちょっとゆっくり登ってくれる？」

けれど、白黒兄弟は二度目の散歩が嬉しいらしく、リードをいっぱいに引っ張り、どんどん登っていく。

いつもならこのくらいなんでもないのに、睡眠不足がたたったのか、身体が重く、足が上がらない。

なんとか雑木林まで登り切ったが、足を止めると、急にめまいがしてきた。

美邦がしゃがみ込むと、瞬も同じようにして、心配そうに顔を見た。

「大丈夫……ちょっと休めば治るから……」

美邦は笑顔をつくり、瞬に言った。

なにかを感じたのか、サブレとスフレも足元に擦《す》り寄《よ》ってきて、くんくん不安そうに鳴いている。

「ぶーもふーも心配しないで。休憩してるだけだから、大丈夫だよ……」

美邦は二匹の頭をなでてやろうとしたが、手に力が入らなかった。

どうしよう……。

犬と子供を連れているのに、こんなところで倒れるわけにはいかない。

そう思った瞬間、美邦は携帯電話を取り出し、慎一の番号を押していた。

呼び出し音が鳴っているのがわかったが、

「慎さん……」

美邦は電話に向かって、慎一の名前をつぶやいた。


目が覚めると、夕暮れの光が満ちた部屋に慎一がいて、自分が寝かされているのが、家のベッドの中だとわかった。

情けないことに、寝不足と疲れが重なって、貧血を起こしてしまったらしい。

でも、慎一がすぐに駆けつけ、連れ帰ってくれたのだという。

「迷惑かけて……ごめんなさい」

美邦は真っ先に、慎一に謝った。

連絡をするなら店にすべきなのに、講義中の慎一に電話をかけてしまった。

冷静に考えればおかしな行動だったが、あのときは、慎一以外に助けを求める相手を思いつかなかった。

「いや、かけてくれて正解だったよ。迷惑じゃなくて、電話をね」

慎一はそう言って笑ったが、もうひとつおかしなことに気がついた。

慎一とはひと言も話すことができなかったのに、どうしてあの場所がわかったんだろう。

「瞬……こっちにおいで」

慎一が手招きすると、ドアのところにいた瞬がベッドのそばに来た。そして、

「くーちゃん」

はっきりとそう言った。

美邦は目を見開き、瞬を見た。

「しゃべれるように……なったの？」

訊《たず》ねると、瞬はいつものように美邦の目を見つめ、うなずいた。

「慎さん……」

美邦が確かめるように見上げると、慎一はふっと目を細めた。

「君を助けたい一心《いっしん》だったんだろう。お父さん、くーちゃんを助けてって。ちゃんと公園のどこにいるのかも、教えてくれたよ」

瞬が助けてくれた。しゃべれるようになって……。

美邦は目に涙を浮かべ、瞬の手を握った。

「ありがとう。瞬……」

「うん」

瞬はベッドに張りつき、嬉しそうにうなずいた。

子供らしい可愛《かわい》い声。でも、慎一とよく似た、やさしい抑揚《よくよう》を持っている。

「瞬の声……想像してたとおりだった」

美邦は、泣き声になりながら言った。

一日も早くとお願いしたら、一日も経《た》たないうちに叶ってしまった。

ありがとうございます。

ただもう、感謝の気持ちしかない。

「……よかった。ほんとによかった」

嬉しくて、ほっとして……涙が止まらなかった。


瞬が話せるようになったことは、スタッフ全員を喜ばせたが、いつも気の強い多喜が泣いている姿を見て、美邦はまた涙が出そうになってしまった。

そして、つぎの定休日、カフェで瞬のお祝いパーティーが開かれ、美邦はやっと完成した定番スイーツの試作品五点を披露《ひろう》した。

いちばん苦労をした青リンゴのムースを使ったシャルロットケーキをはじめ、胡桃《くるみ》の風味を生《い》かしたミルクババロアや、オレンジカスタードとビターなチョコレートを合わせたエクレアなど、そのどれもが好評で、一点を選ぶと言っていたのに、多喜は五点ぜんぶを定番スイーツにすると言ってくれた。

瞬が運んできた幸せのおかげで、食べた人を笑顔にできるスイーツを作ることができた。

ひとつでも、役に立つことができてよかった。

大きなテーブルには、おいしいワインと多喜と美邦の合作《がっさく》料理が並び、大好きな人たちが笑顔でそれを取り囲んでいる。

秋の陽《ひ》だまりのような、愛《いと》しいカフェ。

温かく、いい匂いのする幸せな光景を眺めながら、美邦は心を決めていた。


「瞬が治ったから……約束どおり、ここから出ていかなきゃね」

パーティーがお開きになり、瞬を寝かしつけたあと、慎一にブランデーを入れたドイツ風のコーヒーを勧《すす》めながら、美邦は言った。

慎一は驚いた顔をし、しばらくは立ち昇る湯気を見つめていたが、

「そっちの役割は終わったかもしれないけど……今、出ていかれたらこっちは困るよ」

そう言って笑うと、カップに口をつけた。

どうして？　理由は？　美邦は訊き返すように慎一の顔を見た。

「瞬を治してくれた、恩返しをしてない。君が幸せな恋を手に入れるのを、見届けさせてほしいんだ」

やさしいのか残酷《ざんこく》なのかわからない言葉。自分のために言ってくれているとわかっていて、傷ついてしまう。

新しい恋。それをあなたが叶えてくれることはできないのかと、美邦は訴《うった》えるように慎一を見つめた。

ブランデーとコーヒーの香りが、ふたりのあいだで揺れている。

迷っているなら、そのままを答えてくれてもいい。見届けるなんて言わないで、ほんとはどうしたいのかを打ち明けてほしい。

でも、慎一はそれには答えてくれなかった。

わかっていたけれど、やっぱり悲しい。

わずかばかりの期待が、胸の中でしぼんでゆく。

今、やっと気づいた。

自分はきっと、いたい場所にはいられない運命なんだ。

そう思えばあきらめもつく。

それに、瞬に新しい母親ができることを、今ならまだ祝福することができる。

やりがいのある仕事。大好きな人たちに囲まれている生活。そのどちらを捨てるのもつらいけれど……やっぱり、これ以上ここにはいられない。

約束をしたからじゃなく、もっと慎一を好きになってしまうのがわかっているから……。


決心はしたものの、冷静に考えれば、新しいスイーツができたばかりなのに、自分が今ここで抜けるなど、あまりにも無責任すぎることだった。

まずは、代わりになる人間を探してもらえないかと、相談するところから始めなくてはいけなかったが……グルメ雑誌の取材が入ったり、厨房の冷蔵庫の調子が悪くなったり、相談を持ちかけるタイミングを逸《いっ》したまま、気がつけば半月が過ぎていた。

そんなある日、多喜が慎一に見合い写真を持ってきた。

それも、一冊ではなく数冊。瞬を新しい保育園に通わせるのは、新しい母親ができてからにしたほうがいいと言い、店を閉めたあと、わざわざ部屋までやってきたのだ。

見合い写真を見せられて、美邦は自分が蒼《あお》ざめているのがわかった。

でも、すぐに自分に言い聞かせた。

瞬が話せるようになったから出ていくというのは、どこか不自然で、もっと誰もが納得できる理由が必要だった。だからこの見合い話は、ここを出ていくきっかけになるかもしれない。

美邦は気をとり直し、カウンターに座っている多喜と慎一に、ラズベリージャムを落としたグルジアティーを出した。

「あら、このカフェは素敵なお茶が出てくるのね。こんどうちでも真似《まね》しようかしら」

多喜はうまそうに紅茶を味わうと、

「どう、この人なんて美人じゃない？　あ、慎ちゃんは、顔よりも良妻賢母《りょうさいけんぼ》タイプがお望みなのよね」

嬉々として慎一に勧めた。

でもなぜか、多喜の言葉にはいつになく棘《とげ》があるように思えた。

自分が望んでいないから、そう感じるだけかもしれない。美邦は、自分の気持ちを脇《わき》にやり、自《みず》らも見合い写真を手にとった。

瞬のためには、美人かどうかより、いい母親になってくれそうな女性がいちばんだと思う。

「この人なんてどうかな？　ふっくらしてて、すごくやさしそう。子供好きに見えるし」

美邦は明るく慎一に勧めた。

が、慎一は答えず、黙って紅茶を飲んでいる。怒っているわけではなさそうだが、どの人がいいか考えているようにも見えなかった。

そんな慎一を無視し、多喜は瞬にも写真を見せた。

「瞬はどう？　もしもお母さんになるとしたら、どの人がいい？」

多喜に訊ねられ、

「新しいお母さんがきたら、ごはんとおやつはだれがつくるの？」

瞬はとくに嫌がる様子もなく、無邪気な質問をした。

やっぱり子供にとっては、母親がいるというのは自然なことなのだろう。

「もちろん、お母さんよ」

多喜は瞬の反応を見て、嬉しそうに答えた。

「どうぶつおりがみも？」

瞬は美邦の顔を見上げ、言った。

一瞬、言葉に詰まったが、

「瞬が折り方を教えてあげたら、きっと作ってくれるよ」

胸の痛みを覚えながら、美邦は答えた。

「くーちゃんは？　つくるのやめちゃうの？」

瞬は瞳を曇らせ、不安そうに美邦を見上げた。

今の家族に、さらに新しい母親が加わるのだと思っているらしい。

自分がいなくなることは、今はまだ言わないほうがいい気がした。

美邦は曖昧《あいまい》に微笑《ほほえ》み、瞬にもう一度どの人が好きか訊ねた。

けれど瞬は、写真を多喜に返し、黙り込んでしまった。

「どうしたの、瞬？　新しいお母さん、くーちゃんよりごはんも折り紙も上手かもしれないじゃない」

「多喜……今日じゃなくてもいいだろ。瞬はまだ話せるようになったばかりだし、急いで決めなきゃいけないことじゃないんだから」

やっと口を開いたかと思ったら、慎一は少し怒ったような表情で、見合い写真をテーブルの上に重ねてしまった。


心にもないことを言うのは、やっぱりよくない。

多喜が帰ったあと、美邦はキッチンでカップを洗いながら、慎一と瞬に申し訳ない気持ちでいっぱいになっていた。

多喜が積極的になっているのに、自分までもがいっしょになって、慎一に見合いを勧めることはなかった。

それに、慎一が心から結婚を望んでいるわけでないことを知っていながら、瞬にまでどの人がいいかなんて……ずいぶんと無神経だったと思う。

「……ごめんなさい」

カウンターに座っている慎一に向き直り、美邦は謝った。

「謝ることなんてない。こっちこそ……気乗りのしない返事して、気遣《つか》わせたよな」

慎一はカウンターの上の見合い写真の束《たば》を見て、苦笑いをした。

自分から言いだしたことでも、いざ見合い写真を目の前にすると、慎一の決心が鈍《にぶ》る気持ちはよくわかる。

瞬にも、自分がもうごはんやおやつを作らないみたいな話になり、事情がわかっていないだけに、可哀想《かわいそう》なことをしてしまった。

「慎さん、こんどの休み、三人で自然文化園の動物園に行かない？」

美邦は笑顔で提案した。

罪ほろぼしじゃないけれど、瞬が笑顔になれる場所に三人で行きたかった。

「動物園か……そういえば、近くにあるのにまだ連れてってやったことなかったな」

慎一も、ほっとしたように笑った。


「瞬、見てごらん。白ヤギと黒ヤギがいるよ」

美邦は柵《さく》を抱《かか》え、身を乗り出した。瞬も柵に張りつくようにして、目の前のヤギを見つめる。

「ふたりして、えらくヤギにはリアクションが大きいな」

ゾウやペンギンやリスなど、瞬の好きな動物がいるのに、なぜなんだろうと、なにも知らない慎一は、不思議そうな顔をした。

絵に描いたような白ヤギと黒ヤギに、思わず興奮してしまったのには、瞬と美邦だけの秘密のわけがある。

一日ひとつ作る約束の動物折り紙だったが、ヤギを作った日だけ、美邦はとくべつに白と黒の色紙《いろがみ》で二頭のヤギを作り、瞬に『やぎさんゆうびん』を歌って聞かせてやったのだ。

同じ過ちをくり返すヤギの歌を、瞬はひどく気に入ったらしく、何度も美邦に歌わせ、しゃべれるようになって最初に歌ったのも、この曲だった。

「こいつら、ほんとにいい顔してるなぁ。瞬、絵描いとくか？」

慎一は瞬を抱き上げると、柵の上に座らせ、腰に腕をまわして安全ベルトみたいにした。

「うそ……」

美邦は思わず声をあげた。

ふと見ると、『ヤギは紙を食べません』と大きな文字で書かれた看板が立っている。

「なんだ、知らなかったのか？　だから、こんな看板わざわざ作ったんだな」

慎一は可笑《おか》しそうに笑った。

「ヤギさん、おてがみ食べたんだよね？」

瞬に訊かれ、美邦は答えに困ってしまう。

歌を教えたときに、ヤギは紙を食べると言ってしまったのだった。

美邦が返事に詰まっていると、

「いや、正しくはヤギが食べてもおいしい紙があるんだよ。楮《こうぞ》や三椏《みつまた》みたいな植物を原料にした、昔ながらの製法で作った上等の和紙《わし》だけどね」

慎一が助け舟を出してくれた。

ほっとしながら、子供にはわからない単語をそのまま使う慎一に、美邦は苦笑いをした。

「おてがみ……おいしいワシだったのか」

けれど、瞬は納得したようで、美邦はほっとしながら、笑ってしまう。

瞬はやっぱり慎一のＤＮＡを受け継いでいる。言葉を話すようになって、姿だけでなく、やっぱり親子だと実感することが多くなった。

「ワシって、くーちゃんのごはんよりおいしいの？」

可愛いことを言ってくれる瞬に、

「ヤギさんはたぶん、僕のごはんより上等の紙のほうが好きかもね」

美邦は照れ隠しにそんなことを言った。

でも、笑いながら泣きそうになる。

慎一から離れるということは、瞬にごはんやおやつを食べさせてやれなくなるということだ。

そう思うと、堪《たま》らなくなる。

「うまく描けた？」

美邦は笑顔をつくり、瞬を抱えている慎一の隣《となり》から、スケッチブックを覗き込んだ。

慎一の腕に自分の腕がふれる。

恋人同士の距離じゃなくてもいい。

こんなふうに、いつまでも、家族みたいに寄り添っていられたらどんなにいいだろう。

でも……。

今がどんなに幸せでも、自分たちの在《あ》り方は本来の家族の姿ではなく……瞬のためには、普通の家庭を与えてやらなくてはいけない。

見合い写真を見せられたとき、瞬は自分の面倒を誰がみてくれるのか気にしていたけれど、甥《おい》の稜《りょう》がそうだったように、瞬も新しい母親がやさしい女性なら、きっとすぐに自分のことなど忘れてしまうに違いない。

「くーちゃん、こんどはワシもって、ヤギさんにあいにこようね」

瞬はよほどヤギが気に入ったようで、嬉しそうに美邦の顔を見た。

今日の瞬は、慎一と美邦のあいだに入って手をつないだり、いつになく甘えているように見えた。こんなに喜んでくれるのなら、もっと早く連れてきてやればよかった。

「また、こようね」

瞬が念を押すように言う。

無邪気な笑顔に、美邦は笑《え》みを返し、心の中で自分に言い聞かせていた。

こんな時間が長くなればなるほど、自分も、そして瞬にとっても、別れがつらくなる。

大切になればなるほど、どんなものでも手放し難《がた》くなる。

どうすればいいかは、わかっていた。


翌日の午後の休憩時間に、美邦は温志と多喜に、できるだけ早く自分の代わりになる人間を探してほしいと頼んだ。

瞬が話せるようになるまでと言って同居を始め、慎一には見合いの話が来ているのだから、自分がいつまでもいるわけにはいかないから……と。

「慎一には話したのか？」

温志に問われたが、

「今はまだ、いてくれないと困るって……」

新しい恋を見届けさせてほしいと言われたとまでは口にできず、語尾を曖昧にする。

「なにそれ？　困るって言われたのに、どうして出ていくのよ」

多喜につっこまれ、美邦は無言でうつむいた。が、

「あら、瞬はどこに行ったの？　今までそこにいたのに」

多喜の言葉に、美邦と温志は驚いて部屋を見回した。

店の外のベンチを見に行ったが、サブレとスフレが眠っているだけで、瞬はいなかった。

急いで家に戻ってみると、ドアの鍵が開いたまま、瞬の姿はやっぱりなかった。

「お気に入りの絵本も置いたままだし、なにを持って家出したのかしら」

「家出⁉」

美邦と温志は、同時に声をあげた。

「五歳の子供が、家出なんかするわけないだろ」

温志が珍しく声を荒げ、

「瞬は慎ちゃんの子よ。五歳でも、なにするかわかんないわよ」

多喜は泣きそうな顔で言い返した。

「どうして悪いほうに話を持ってくんだよ」

「心配してるだけでしょっ」

「夫婦ゲンカなら、瞬が見つかってからにしてください」

心配が高《こう》じて口論《こうろん》を始めるふたりを止め、

「公園のほう見てきますから、あとお願いします」

美邦は瞬を捜しに外へ出ていった。

いつも兄弟犬と散歩に行くコースを辿《たど》り、慎一といっしょに行った雑木林も捜したが見つからず、息を切らしながら辺りを見回した。

すると、スケッチブックを手に、夕暮れの風景を描いている人が目に入った。

美邦はふと、三人で動物園に行ったとき、瞬がヤギの絵を描きながら、またいっしょに来ようと言っていたことを思い出した。


「瞬っ」

道路の反対側から叫ぶと、瞬が振り向いた。

手にスケッチブックを抱え、心細げに、すでに閉園している動物園の入り口に立っている。

ヤギの絵を描きたくなったんだろうか。いや、瞬はまたいっしょに行こうと言っていたし、勝手にひとりで外出するような子じゃない。

でも、とにかく、見つかってよかった。

「瞬……」

美邦は瞬に駆け寄り、しゃがみ込んで抱きしめる。

と、瞬がスケッチブックを隠そうとし、地面に落とした。

「あ……」

美邦の視線の先には、多喜が持ってきた見合い写真がばら撒《ま》かれていた。

家から持ち出したのは、スケッチブックではなく見合い写真だったのだ。

「どうして、こんなことしたの？」

「……」

美邦の問いかけに、言葉を話せなかったときのように、瞬は黙って見つめ返してきた。

「慎さんが結婚するの、まだ嫌だったんだね……」

慎一が多喜に言っていたように、やっぱり性急《せいきゅう》すぎて、瞬には受けとめられないことだったに違いない。

「瞬、ごめん。あのね……」

「新しいお母さんなんていらない。くーちゃんがいいっ」

美邦の言葉を遮《さえぎ》り、瞬がしがみついてきた。

お母さんじゃなくて、僕……？

幼い瞬にとって、母親とその代わりの人間の区別はついていないのかもしれない。男女の違いもわかっていないのかもしれないし、ちゃんと説明してやらなくてはいけない。

「瞬……よく聞いて。大事なことだよ」

美邦は、しがみついてきた瞬の背中をなでながら、ゆっくりと言って聞かせる。

「瞬が僕のこと、そんなふうに思ってくれててすごく嬉しいし、僕も瞬が大好きだよ。でも……僕は男だから、慎さんの奥さんや瞬のお母さんにはなれないんだ」

美邦の説明を聞き、瞬は大きく首を横に振った。

「お父さんのおくさんも、ぼくのお母さんもいらない」

「瞬……」

「くーちゃんは、お父さんが家族にしようってつれてきたのに……どうしてそんなこと言うの」

美邦に訴えると、瞬はわっと泣きだした。

今までいっしょに暮らしてきて、瞬が泣くのを初めて見た。母親がいなくなったことを寂《さみ》しがって泣くことも、わがままを言って泣くこともなかったのに……。

そう思った瞬間、気づいた。

見合い写真を見たとき、自分がいなくなることを、瞬はわかっていたに違いない。

動物園に行ったとき、ずっとふたりのあいだに入って手をつないでいた瞬を思い出し、胸が詰まりそうになった。

「瞬、ごめん……ごめんね」

懸命に宥《なだ》めるが、瞬は泣きやまない。

保護者の立場でいなければいけないのに、手放しで泣く瞬を見ているうちに、迷子の子供のような心もとない寂しさで胸がいっぱいになり、押し込めていたものが溢《あふ》れてきてしまった。

「……僕だって、慎さんと家族でいたい。お見合いなんてしてほしくない。ずっと……瞬と慎さんといっしょにいたいんだ」

初めて本心を言葉にし、美邦は瞬を抱きしめた。

恋なんてもうしないと決めていたから、気づかなかっただけで……慎さんのこと、ほんとは出会った瞬間に好きになっていた。

アルバイトのウェイターをやるつもりなんてなかったのに、どうしても会いたくて、気づいたらカフェの扉をもう一度開けていた。

「くーちゃん……？」

美邦が泣いているのに気づき、瞬は顔を上げて美邦を見た。

「くーちゃん、泣かないで。こんなの、ヤギさんに食べてもらえばいいんだよ。そしたら、新しいお母さんなんてこないから」

「え……？」

瞬の言葉に、美邦は涙を浮かべたまま目を見開いた。

瞬が見合い写真を持ち出したのは、見合い写真をヤギに処分させようと思ったからららしい。

美邦はなにも言えなくなり、瞬を見つめた。

「タキおばちゃんは、この紙はじょうとおの紙だって言ってたよ。ヤギさん、ワシは食べるよね？」

「食べてくれるけど……だめなんだ。僕がどんなに慎さんのこと好きでも、慎さんは……」

美邦は泣きながら、きつく瞬を抱きしめた。

離したくない。離れたくない。

瞬とも慎一とも……。

「お父さん……」

瞬がつぶやくのを聞いて、美邦は弾《はじ》かれたように顔を上げた。

と、目の前に携帯電話を手にした慎一が立っていた。

「迷子をふたり、無事保護しました。安心して、仕事に戻ってください」

冗談っぽい口調で言い、電話を切ると、

「俺、休講しないので有名だったんだけどな……」

慎一は瞬と美邦を見て苦笑いをした。

どうしよう。聞かれてしまった？

聞こえてないはずがない。

美邦は慎一と目を合わせられず、あわてて手のひらで顔を擦《こす》った。

慎一は地面に散らばった見合い写真を拾い上げると、

「人の姿の写ったものを粗末《そまつ》に扱《あつか》っちゃだめだぞ。魂《たましい》が入ってるんだからな」

瞬を窘《たしな》め、写真の束を渡した。

「前に教えただろ？　ヤギはこんな、工場で作った紙は好きじゃないんだよ。上等なだけじゃなく、ヤギがおいしいって思う紙じゃなきゃ」

笑顔で言うのを見つめながら、美邦は胸が張り裂けそうにどきどきしていた。

慎一はどう思っただろう。瞬にぶちまけてしまった、自分の本心を聞いて……。

思わず逃げ出したい衝動に駆られたが、その瞬間、慎一が美邦のほうを見た。

「子供が望んでる幸せは、大人が考えてるものとは違うらしい」

慎一は大きくひとつ息をつき、

「どうしようか？　気持ちを偽《いつわ》る理由がなくなってしまったよ」

そんなことを言いながら、美邦の答えを待たずに抱きしめてきた。

突然、広い胸に引き込まれ、美邦はなにが起きたのかわからず、目を瞬《またた》かせた。

「……これからもずっと、俺と瞬の家族でいてほしい」

「え？」

美邦は驚いて顔を上げた。

今、なんて？　訊き返すように、慎一の目を見つめる。

「いや、家族なのは今もそうなんだけど……その……」

話し上手な慎一の、いつになく歯切れの悪い言葉に、また胸がどきどきしてくる。さっきとは違う意味で……。

「瞬が大人になって家を出ても、俺のそばにいてくれるかなって話なんだけど……」

照れくさそうに説明をする慎一に、美邦は涙を浮かべ、くすっと笑った。

「人の答え聞いちゃったあとで、そういうこと言うのって、ずるくないですか？」

嬉しさを隠し、美邦は意地悪なつっこみをする。

「ずるい男は……だめかな？」

訊ねながら、慎一はやっぱり、美邦の答えを聞かず、唇を重ねてきた。

だめなはずがない。だめな理由を探したとしても、そんなものはどこにも見つからない。

嬉しくて、幸せで……もうどうなってもよかった。

だから、なんの問題もないのだけれど……。

慎一のキスを受けとめながら、美邦は頭の片隅でちらりと思った。

瞬に見られているのは、問題じゃないんだろうか……と。


こんなにキスが上手《うま》いこと、知らないままで別れなくてよかった。

軽く息を乱しながら、美邦は胸の中でつぶやいた。

慎一の書庫だった、今は自分の寝室になっている部屋。月明かりの出窓《でまど》に座り、慎一に腰を抱かれながら、美邦は長く心地よいキスに応《こた》えている。

あんなにも欲しかった人と、身体の一部を絡《から》めあっているんだと思うと、それだけで昂《たか》ぶってくるのに……明るい秋の月が、抱きあうふたりの影《シルエット》を床に落とし、妖《あや》しく揺れているのが目の端に映った。

「あ……」

身体の内に熱く滾《たぎ》るものを感じ、美邦は思わず声を漏《も》らした。

唇がわずかにずれ、美邦は吐息をこぼしながら、慎一の身体を離した。

「慎さんのこと……もっと見せて」

美邦は両手で慎一の顔を包むようにして、お気に入りのメガネをゆっくりとはずした。

「ずるいな……俺には、見せないつもりなのか？」

苦笑いを浮かべる慎一に、美邦は小さく首を振った。

見られるよりも、自分でも知らない自分を見ることのほうがこわいかもしれない。

ほんとにただ、慎一ともっと近づきたいだけだった。

「僕の正体は、最初から知ってるじゃない。だから……慎さんを見せてほしい」

ねだるように言うと、慎一は素肌に着たセーターを脱ぎ捨て、美邦とは違う、男っぽい身体を露《あらわ》にした。

先生や父親から、ひとりの男になっている慎一を、美邦はうっとりと見つめた。

「もっと深く知りあう方法があるけど……試してみます？」

囁《ささや》きながら、慎一がまた唇を重ねてくる。

美邦は目を閉じ、後ろ手にメガネを窓辺に置いた。

「美邦……」

ベッドの中、慎一が名前を呼んだ。

くーちゃんと呼ばれるのも好きだけれど、ふたりきりのときだけに使う名前は、なにかとくべつな扉を開く呪文《じゅもん》のように思え、心といっしょに身体が反応してしまった。

「…っ…」

慎一が素肌に落とすキスを受けとめながら、美邦はぎゅっと目を瞑《つむ》った。

でも、声だけじゃない。ふれあった肌の感触や体温、そして匂い……。すべてが未知の体験で、シーツの上では、すべてを慎一にゆだねるしかない。

そんな自分を、慎一はゆっくり、やさしく解《と》きほぐしてくれる。

「慎さ…っ…」

美邦は声をあげ、慎一の背中にしがみついた。

好きになっても、そばにいても、けしてふれることができなかった身体に抱かれてる。

そう思うだけで、身体が溶けて流れてしまいそうだった。

「あ…っ…」

押し寄せる眩暈《めまい》のような快感と、身体を貫《つらぬ》く熱い痛み。そのどちらもが愛《いと》おしく、大切に思えた。

ふいにお互いの境界を見失いそうになり、

「美邦……」

呼び戻されて、満たされたまま、ここがどこなのかを思い出す。

そして……。

熱く、強く……自分の中で、慎一も感じていることに気づき、涙が出そうになった。

自分にも慎一を悦《よろこ》ばせるなにかがあることが、嬉しかった。

無防備に身体を開き、慎一に揺らされながら、不思議なほど安心し……美邦は窓の外へ視線をやった。

ワインの力を借りて、慎一にせまってふられた夜、冷ややかに自分を見下ろしていた月が、今夜はやさしく見守るように微笑んでいる。

ほんの少し自分が変われば、空の月も違って見える。心と世界は、いつだってこんなふうにつながっている。

絵本と現実には、なんの区別もない。

最初に聞いたときにはわからなかった慎一の言葉が、今ならよくわかる。

恋と、同じだから……。

窓から流れてくる、ひんやりと心地よい風が、愛しあった熱を纏《まと》ったままの肌を、やさしく冷ましてくれる。

シーツの上で、けだるい解放感に身をゆだねながら、美邦は小さく吐息を漏らした。

「大丈夫か？」

ベッドの端に座り、月を見ていた慎一が、気づいて振り向いた。

大丈夫じゃないけど、すごくよかったから……大丈夫。

美邦は、くすっと笑った。

「瞬がもう少し大きくなったとき、僕の存在についてどう思うかなって……」

慎一の愛撫《あいぶ》を受けながら、ほんの一瞬、頭を過《よ》ぎった。そして今も、満ち足りた気持ちの中にまだ少し混ざっている、そんな不安を素直に口にした。

慎一は窓の外に目をやり、言った。

「クレマチスの精霊だってことには、つっこみを入れられるかもしれないな」

「そっち？」

まじめに訊いてるのに……。

美邦は眉を寄せた。

「ほかになにかある？　美邦を選んだのは、瞬なんだから」

そうだった。瞬が言ってくれたんだった。新しいお母さんより、くーちゃんがいいと……。

慎一の言葉に、美邦は笑顔でうなずいた。

が、はたと気がつく。

「もしかして、瞬が選んでくれなかったら……こうはなってなかったってこと？」

拗《す》ねてみせると、

「俺は、ゴミ置き場で君を拾ったとき、家族にしようって決めてましたけど？」

慎一は身体を捩《よじ》るようにして、美邦にかぶさってきた。

唇に、宥めるようなキス。そして、ゆっくりと離れる。

美邦は目を開け、自分を見下ろしている慎一を見つめた。

「もらってばっかだから、これから一生かけて恩返しするね」

冗談ではなく、本当にそうしたい。

「恩返しは、してもされてもきりがないからやめておこう」

「え……？」

「その代わり、死ぬまでいっしょに、竜宮城で楽しく暮らさないか？」

冗談みたいな慎一の言葉は、美邦の心に真摯《しんし》に響いた。

この人といっしょにいれば、きっとどこにいても幸せでいられる。

「……はい」

素直に受け取ると、美邦は慎一の首に腕をまわし、自分のほうへと引き寄せた。

今いちど、愛しい人を、ふたりだけの竜宮城へ誘《いざな》うために……。

6

慎一《しんいち》は瞬《しゅん》のために、自分の生き方を変えようとまでしていたのに……。

慎一の創《つく》ったカエル男の悲劇の物語に、幸せな結末をつけ足してくれたのは瞬だった。

人生にはときどき、お伽噺《とぎばなし》よりも不思議なことが起きるけれど、ほんとはいつだって、誰にだって、起こせるのかもしれない。

お決まりのラストシーンを白紙にしておけば、玉手箱《たまてばこ》の中に、煙ではなくケーキが入っていたなんて、おいしい結末を創ることができるように……。

ただ、不可解だったのは、スタッフに報告したとき、みんなで喜んではくれたけれど、誰も驚かなかったことだった。

そう、慎一と恋人になったことにも、じつはゲイだったということにも……。

慎一は、好都合なんだから理由なんてどうでもいいと言っていたが、美邦《みくに》はどうしても気になり、まかないの時間に、なにげなく多喜《たき》と健介《けんすけ》に訊《き》いてみることにした。

「俺、くーちゃんと慎さんが好きあってること、前から気づいてたし？」

美邦の作った和風ハッシュドビーフを食べながら、健介はけろりとした顔で言った。

「なっ……なんで？」

美邦は驚き、手にしていたスプーンを皿の中に落としたが、

「あら、私なんて最初から、くーちゃんは慎ちゃん目当てで、瞬の面倒みたいなんて言いだしたんだと思ってたもの」

多喜の言葉には、さらに驚かされた。

「それ、絶対に違いますから。事情もちゃんと話したじゃないですか。ていうか、瞬に誤解されるようなこと言わないでくださいよ」

美邦があわてて頼んだのに、当の瞬は、美邦が子供向けにアレンジしたハッシュド・オムライスに夢中になっている。

美邦はほっと息をつき、

「僕のこと、そんなふうに思って見てたんなら、どうして慎さんに見合い写真なんか持ってきたんですか？」

少し怒った口調で言った。

「お見合い写真ねぇ……」

スプーンを口に運びながら、多喜はなぜか思い出し笑いをする。

「あれってぜんぶ、もう縁談がまとまった人の写真を借りてきただけなのよね」

「えっ!?」

美邦と健介は同時に声をあげた。

「本気で再婚する気のない人に、本気で結婚したい女性の写真渡すなんて、ずいぶんと失礼な話だと思わない？」

「そりゃそうだ。多喜の言うとおりだ。けど、なんでそんなことわざわざしたんだ？」

惚《とぼ》けたことを言いながら、まろやかなコーヒーの香りといっしょに、温志《あつし》がスタッフルームに入ってきた。

「だって、慎ちゃんとくーちゃんって、その絵のヤギみたいなんだもの」

多喜は、壁に貼られた白ヤギと黒ヤギの絵をちらりと見た。

瞬が動物園で描いたものだが、『やぎさんゆうびん』の歌に合わせて、どちらのヤギも手紙を口に咥《くわ》えている。

「あの歌って、白ヤギも黒ヤギも、ちゃんと手紙だってわかってて食べたんでしょ？　じゃなきゃ、内容がなんだったのかなんて、ふざけた返事出すわけないものね」

「言われてみれば……そうだよなぁ」

コーヒーをスタッフに配りながら、温志は感心したように言った。

「じつはあの手紙、伝えたくても伝えられない想いを送りあっていたのよ」

「伝えられない……想い？」

美邦は、思わず訊き返す。

「自分たちのことなのに、わからないの？　二匹はお互いに、想いを伝えられない関係だったのよ。つまり……あの歌の白ヤギも黒ヤギもオスだったってこと」

多喜は得意そうに断言した。そして、呆気《あっけ》にとられている美邦を見て、

「そのことを知ってたから、みんなあんなに応援してたんじゃない。なのに、どうして驚かないんですかって……」

やれやれという顔をし、

「くーちゃんも、温志に負けず劣《おと》らずの、おとぼけ野郎ね」

温志の淹《い》れたコーヒーをうまそうに飲んだ。


ほんとのところ、妖怪や異界の存在を信じているのか、慎一に訊いたことがある。

一度は夜のコーヒータイムに、二度目は公園を散歩しながら。

必要があって生まれてきたものが、本物かどうかは大した問題じゃない。楽しむことにこそ、存在価値がある。

探究心と好奇心は人生を楽しくしてくれるけれど、なにもかもを知ろうとしすぎることは、人生を美しくないものにしてしまう。

二度とも、言葉巧《たく》みにはぐらかされた気がしたのだけれど……。

慎一の持論《じろん》はやっぱり正しかった。

都合よく収まっていることの理由を訊き出そうとするなんて、蛇足《だそく》……いや、薮蛇《やぶへび》だった。

多喜におとぼけ野郎と言われたことが、悔しかったり情けなかったり、ずっと気になっていたのだけれど……。

仕事から戻った慎一の顔を見たら、そんなことはどうでもよくなってしまった。

「子供が眠ったあとに飲む、大人のコーヒーだよ」

冗談めかしながら、美邦はカウンターに座っている慎一に、コニャックとオレンジリキュールを使ったコーヒーベースのホットカクテルを出した。

香りづけに入れたカルダモンの、甘くスパイシーな香りが立ち昇り、

「カフェ美邦は、最高の癒《いや》しの場だな」

慎一が幸せそうにつぶやく。

美邦は素直に嬉しい顔をし、カップを手に、寄り添うように慎一の隣の席に着いた。

瞬が眠ったあとの、ふたりきりのコーヒータイムは、美邦にとって、瞬との朝散歩と同じくらい大切な時間になっている。

「誰にも言ったことないんだけど……いつか自分のカフェを持てたら、世界じゅうのホットドリンクが飲める、あったかいカフェにするのが夢なんだ」

美邦が初めて夢を打ち明けると、

「じゃあ俺は……定年になったら、その素敵なカフェの隣で、夢を叶えるべく第二の人生を始めるよ」

そんなことを言った。

「夢……？　第二の人生？」

仕事オタクの慎一が、ほかにもやりたいことがあるなんて知らなかった。

「あ、わかった。慎さん絵も描けるし文章も書けるから、絵本作家でしょ？」

美邦が目を輝かせて訊《たず》ねると、

「論文書くのは好きだけど、なにもないところから物語作りつづけるなんてしんどい仕事、御免こうむりたいね」

慎一は冗談じゃないと言いたげに、肩をすくめた。

「人が作った話のラストシーンを削除《さくじょ》して、好きな結末に変えるのは得意なのにね」

美邦が悪戯《いたずら》っぽく見つめると、慎一は照れくさそうな顔をした。

「大学退職したら……古本屋のオヤジになりたいんだ」

「……」

美邦は目を瞠《みは》り、そして吹き出した。

「似合いすぎ……」

「だろ？　だから、誰にも言ったことないんだよ」

慎一も笑った。

ただそれだけのことが、こんなにも大切で愛《いと》おしい。

自分はずっと、愛の意味を間違えていたのかもしれない。

大好きな人と、ゆっくりと流れる時間と、コーヒーの香り。

「大学の先生でも、古本屋のオヤジでもいいから……幸せにしてよね」

甘えるように見上げると、

「いいよ」

慎一は軽く引き受け、美邦を幸せにする、やさしいキスをくれた。

ココアに粉雪

1

火曜日はIE《イエ》 Café《カフェ》の定休日、慎一《しんいち》の午後の講義のない時間を利用しての、子連れ散歩デートの日でもある。美邦《みくに》にとってそれは、至福《しふく》の時間だった。

阿佐ヶ谷《あさがや》のアパートで、初めての冬をひとりで迎えるはずだったのに、気づけば公園と森のあるこの街で、新しい家族といっしょに温かな部屋で過ごしていた。

お伽噺《とぎばなし》のように世界が変わったのは、もう二度としないと思っていた恋に落ちたから……。凍りついていた心を解《と》かし、明かりを灯《とも》してくれたその人は、王子さまでも魔法使いでもなく、バツイチ子持ちの大学の先生だったけれど、美邦にとってはその人こそが世界を変える魔法そのものだった。

冬の井《い》の頭《かしら》池は、北国から越冬《えっとう》のためにやってきた水鳥たちで賑《にぎ》わっている。

瞬《しゅん》のお気に入りは、パンダみたいな白黒の衣装と頭の羽根が可愛《かわい》いキンクロハジロと、白いセーターにグレーの上着を羽織《はお》ったようなお洒落《しゃれ》なユリカモメらしい。

瞬はベンチに座り、スケッチブックにクレヨンで、一羽ずつ丁寧《ていねい》に描いてゆき、美邦はそれを覗《のぞ》き込《こ》みながら、ときどき顔を上げては待ち人の姿を探していた。

慎一は今、七井橋《なないばし》通りの手作りソーセージの店に行っている。そこのホットドッグがおいしくて、公園ランチの定番メニューになっているのだ。

お腹も空《す》いたけれど、それよりも……。

「お父さん、早くもどってくるといいのにね」

ふいに瞬に言われ、

「えっ……ど、どうして……」

美邦はカッと赤くなった。

「おなかすいちゃったから」

自然な瞬の答えに、

「え？ あ、そ、そうだね」

美邦は自分の勘違いに気づいた。

限られた時間のデートだから、早く戻ってきてほしいと思って待っているのを、瞬に見透かされたと思って不自然なリアクションを返してしまった。

「くーちゃん、おなかすいてないの？」

「そんなことない。空いてるよ。ぐーって鳴っちゃいそうなくらい」

「じゃあ、よかった」

瞬はほっとした顔になり、嬉しそうに足を交互に揺らした。

自分のことをクレマチスの精霊だと思っている瞬は、ちょっと沈んでいたりすると、こんなふうに心配してくれる。

慎一は、『くーちゃんは人間に化身《けしん》してる植物だから、枯《か》れたりしないから大丈夫』と説明していたが、植物が人間よりもかよわい生き物だと瞬は知っていて、気遣《きづか》ってくれているのだ。

「鳥さん、上手に描けたね」

愛《いと》おしさでいっぱいになりながら話しかけると、

「うん」

澄んだ瞳が美邦を見上げた。

瞬がどんな青年になるのかが、今から楽しみで仕方ない。

まだ五歳なのに、慎一に似ていい男になるだろうなんて、ついつい想像を巡《めぐ》らせてしまう。

でも、それと同時に、不安に思っていることもある。

そのことについては、一度ちゃんと時間をつくり、慎一と話しあわないといけないと思っているのだけれど……。

「お父さんだ」

瞬の声に、美邦は顔を上げた。

待ち人来《きた》る。紙袋を手にした慎一が、こっちに向かって歩いてくるのが見えた。

その瞬間、頭の中のひとり言はどこかへ消え、胸の中に嬉しさが溢れてくる。

いつもいつもいつも、慎一が自分に向かって歩いてくるのが待ちきれない。まるで少女の初恋のようで、恥ずかしくて誰にも言えないけれど……。

「慎さ……」

思わず立ち上がったが、

「ほらぁ、やっぱり矢上《やがみ》先生だ」

カップルがベンチの前を通りがかったかと思うと、女性のほうがいきなり慎一の腕をつかんだので、美邦はまた腰を下ろした。

「なんだ、空《あ》き時間にデートか?」

慎一の言葉に、カップルのふたりは教え子らしいとわかった。

「こんなとこで会えるなんて……先生に訊《き》きたいことがあって、研究室まで行こうかと思ってたんですよ」

「ていうか、こいつにびしっと言ってやってもらえませんか?」

ふたりはなにやら、慎一に訴《うった》えているようだった。

「なんだ。ケンカの仲裁《ちゅうさい》か?」

ざっくばらんな慎一のキャラは、学生を相手にしても少しも変わらないらしい。プライベートで出会ったときに、こんなふうに気安く声をかけられるということは、たぶん。

慎一の勤める大学はIE Caféと自宅のある地元吉祥寺《きちじょうじ》だが、慎一がどんなふうに講義をするのかは見たことがなく、美邦は興味深い思いで、学生と話す慎一を見つめた。

「井の頭公園のボートにカップルで乗ったら別れるっていうの……あんなのデマですよね？　彼女、それがこわくて俺とは絶対にボートには乗りたくないって言うんですよ」

彼氏のほうが必死な様子で訊《たず》ねると、

「なにかと思えば……ノロケか。勘弁してくれよ」

慎一は質問には答えず、ひらっと手を振って逃げようとした。

「そんなのただの都市伝説で、事実じゃないですよね？　そうですよね？」

慎一を引き止め、真剣に訊ねる男子学生に、美邦は思わず笑いそうになった。

「ありそうでなさそう。もしくはなさそうだけどありそう。そんなふうに感じられるのが都市伝説らしさだとしたら……あるはずないとか、間違いなくあると断言するのも、どうなんだろうね？」

慎一は学生たちに逆に訊き返した。

「私は答えをはっきりさせることは、悪いことじゃないと思います」

女子学生がきっぱりと答え、彼氏もそれに倣《なら》うように大きくうなずいた。

学生たちの反応に、慎一はがっかりしたようにため息をつく。

「いつも言ってるのに、わかってくれてないんだなぁ……まことしやかなものの正体を暴《あば》くなんてことは、ちっとも美しいことじゃないんだって……」

ボートに乗っても大丈夫かどうかを訊ねているのに、その答えはどうなんだろう。美しいかどうかじゃなくて、ほんとに別れさせられるのかどうかが問題なのに……。

「まことしやかっていうことは……やっぱり噂は噂でしかないってことですよね？」

男子学生が確認するように訊くと、なぜか慎一はにやりと笑った。

「火のないところに煙は立たない……っていうけどな」

「先生、結局はどっちなんですか？　乗らないほうがいいなら、そうだって言ってください」

「大丈夫ですよね？　先生が大丈夫って言ってくれたら、こいつの気がすむんですから」

男子学生がじれったそうに言い、女子学生は「それじゃだめ」と彼氏を肘《ひじ》でつついた。

「そんなに知りたいなら、ふたりで試してみればいいじゃないか」

慎一は身もふたもない結論を出し、ふたりは顔を見あわせた。

慎一は正しいより楽しいが好きな人だから、答えをひとつに絞《しぼ》ることには興味がない。講義中にもこんなやりとりをしているらしいと、容易に想像できた。

すると、最初にカフェで言葉を交《か》わしたときに、困ったお父さんだと思ったことが浮かんできてしまった。

『瞬、ニンジン食べるといいことがあるぞ』

子供の好き嫌いを直すどころか、そんな適当なことを言って、瞬の皿にニンジンを放り込んでいた。あのときは、どういう父親なんだと呆《あき》れたのだけれど、つきあううち、それが慎一の魅力のひとつだとわかってきた。

きっと学生たちも、人をからかって楽しむだけが慎一じゃないと知っているんだと思う。

慎一が大丈夫だと言えば大丈夫。だから、なんとしても大丈夫だと言ってもらいたい。困った先生は、学生たちにとって信頼のおける人でもあるのだろう。

慎一の学生たちへの接し方が、自分や瞬に対するときと少しも変わらないと知り、ますます慎一のことを好きになってしまった。

「お父さん、おなかすいたぁ」

瞬が慎一のほうへ走っていくのを見て、美邦ははっと我に返った。

「ごめんごめん。ホットドッグ冷めるから、くーちゃんと先に食べてな」

「うんっ」

慎一の手から紙袋を受け取ると、瞬は学生たちにぺこりとお辞儀《じぎ》をし、美邦のところへ駆け戻ってきた。

「きゃ、可愛い……先生のお子さんですか？」

「似てるだろ。将来いい男になること間違いなし」

慎一は気にする様子もなく、瞬の……というより自分がいい男なんだと自慢した。

「まさか……先生が引き取られたんですか？」

「俺が引き取っちゃ悪いのか？」

慎一は不服そうな顔をした。

「いえ、そういうわけじゃ」

男子学生はあわてて否定したが、

「だって、先生が子育てしてるところなんてイメージできないもの」

彼女のほうは正直な意見を述《の》べた。

美邦は、持参《じさん》のお手拭《てふき》を取り出しながらこっそり笑った。

学生から見ても、慎一は子育てができるタイプではないらしい。

でもそれは自分の最初の頃の印象と同じ。もっと深くつきあえば、そんなことはないとすぐにわかるはず。

などと思いつつ、瞬の手を拭いていると、

「先生、お子さんといっしょにいる方……弟さんですか？」

女子学生が言うのが聞こえた。

美邦は内心どきどきしながら、小さく学生たちに会釈《えしゃく》をした。

いつかは慎一の教え子に遭遇《そうぐう》することがあると思っていたけれど……とうとうそのときが来てしまった。

慎一は、自分のことをどう紹介するつもりだろう。

「俺の新しいパートナーだよ」

「えっ」

ふたりが驚いた顔をするのと同時に、美邦もぎょっと目を見開いた。

慎一はこともなげに、あるがままを学生に言った。冗談のつもりかと思ったが、

「君ら、俺が離婚してること知ってるんだろ？　浮気じゃないからな」

慎一はなぜ驚くんだといわんばかりに、学生に訊き返す。

「知ってますけど……」

女子学生が怪訝《けげん》そうな顔をするのを見て、彼氏が咎《とが》めるように肘で彼女をつついた。

「あのっ、その人の言うこと真に受けないでください」

美邦はベンチから立ち上がり、あわてて否定した。

「弟なんですけど、兄が離婚して甥《おい》の面倒《めんどう》みるために同居することになったんです」

淀《よど》みなく嘘の設定が出てくるのは、このセリフを何度か口にしたことがあるからだった。

「やだ、もう……びっくりさせないでくださいよ」

「美人だから、ボーイッシュな奥さんかなとも思ったけど……一瞬、先生ってそうなんだって思っちゃったじゃないですか」

「べつに思ってもいいぞ。美人なのはたしかだし」

「またぁ、先生ってば。困った噂が流れても知りませんよ」

女子学生は、笑いながら慎一の腕を軽く叩いた。

学生たちのごく当たり前のリアクションが、美邦の胸に小さなかすり傷をつけてゆく。

慎一は本当のことを言ったのに、驚いた顔をされたり、冗談だと思われたりする。シェルターのような、家や職場の外へ一歩出れば、自分はそういう立場なのだと嫌でも思い知らされる。

でもそれが、自分のついた嘘を正当化する理由にはならないのだった。


「どうして学生に……あんなこと言ったの?」

カップルが去っていくのを見届けたあと、ポットのコーヒーを紙コップに注《そそ》ぎながら、美邦は少し怒った声で言った。

「ん?」

美邦のほうを見ると、慎一はホットドッグを飲み込み、

「くーちゃんこそ、どうして弟なんて言ったんだ?」

笑顔で質問を返してきた。

慎一はなんの迷いもなく、自分のことをパートナーとして紹介してくれた。嬉しくないといえば嘘になる。逆に慎一に、弟とかベビーシッターとか、そんなふうに紹介されたら、きっと傷ついたと思う。

それはそれとして、今は自分の気持ちよりもっと大事なことがある。

そう、慎一に話さなくてはいけないのだけれど……。

いつものように、並んで座ったベンチ。ふたりのあいだには瞬がいて、言葉や態度を選ばなくてはと思うと、すぐに応《こた》えることができない。

美邦が黙ってしまうと、瞬が顔を覗き込んできた。

「くーちゃんがお花の精だって聞いたら、みんなびっくりするから、保育園ではお父さんのおとーとって言うんだよ。ね？」

「う、うん」

瞬の無邪気な言葉に、美邦はうなずくしかない。

保育園に復帰《ふっき》した瞬の送り迎えは、美邦の新しい仕事になっていた。初めての日、自分の立場を保育士に訊ねられ、とっさに慎一の弟と言ってしまった。

それ以来、保育園で人に訊かれると、瞬の父親の弟だと答えることにしている。

自分の選んだ手段を、慎一はどう思っただろう。

気を悪くした？　それとも……怒ってる？

自分から打ち明ける前に、慎一に知られてしまうなんて……。

美邦がちらりと顔を見ると、

「そんな嘘つくことないのに」

慎一はふっと目を細めた。少し困ったような、やさしい表情だった。

怒ってはいないらしい。美邦はほっと息をついた。

瞬には口止めなどしなかったし、いつか打ち明けようと思っていたけれど、慎一に言えなかったのは、そんなことする必要ないと言われるのがわかっていたからだった。

自分はどう思われてもかまわない。瞬を、好奇の目や心ない言葉から守りたかった。

「……ごめんなさい」

美邦はなにも言わず、ただ謝った。

慎一があんなにもまっすぐに自分のことを紹介してくれたのに、考える間もなく取《と》り繕《つくろ》う嘘をついた自分が嫌だった。

「わかってる。瞬のために言ってくれたんだろ？」

「……」

慎一の声のやさしさに、許された気がして、美邦は小さくうなずいた。

「今どきのガキどもは生意気だし、クレマチスの精霊ですって言ったんじゃ、瞬がいじめられるかもしれないもんなぁ」

そう言って笑うと、慎一はうまそうに紙コップのコーヒーを啜《すす》った。

そっちじゃないとつっこもうとして、わざと言ったのだと気づく。

慎一は、ちゃんとわかってくれている。自分のしたことも、思いも……。

「けど俺……学生にも保育園の先生にも、くーちゃんのことは最愛のパートナーとして紹介したいんだよなぁ」

慎一は臆面《おくめん》もなく言った。

最愛のパートナー。慎一が躊躇《ちゅうちょ》もせず口にした言葉に、胸いっぱいに幸せが広がっていく。

そんなふうに言ってくれるのは、ほんとに嬉しい。ありがたいと思う。

そんなふうに言える慎一のことを、尊敬してるし……愛してる。

でも、美邦はそんな気持ちを胸の中に収め、

「慎さんは大学の先生だし、瞬の父親なんだから、もう少し自分の立場を考えてものを言ってください」

窘《たしな》めるように、きっぱりと言った。

「叱られちゃったな」

慎一は笑いながら、瞬を見た。

首をすくめた慎一の真似をして、瞬も叱られちゃった顔をした。

その可愛さに免じて許したけれど、慎一とは一度きっちり話しあわないといけないと思う。

話す前に慎一に知られてしまい、どうしようかと思ったけれど……今日の出来事は、ちょうどいいきっかけをつくってくれたのかもしれない。

「よし、それじゃあボートに乗るか」

ホットドッグの包み紙をくしゃくしゃと丸めながら、慎一が言った。

「えっ、乗るの？　だってあの噂……」

「ボートのるっ」

瞬が嬉しそうに手を上げたので、美邦は助けを求めるように慎一を見上げた。

学生たちに試してみろなんて言っていたのに、自分たちが乗るなんて……。

胸の内を察したのか、慎一は可笑《おか》しそうに笑った。

「その心配は無用。瞬がいれば、俺たちはカップルじゃなくてファミリーだ。弁天《べんてん》さまは気づかないよ」

それは言えてる。美邦はほっとし、肩の力を抜いた。

瞬が心配そうな顔をしたので、美邦は笑顔で首を振った。

「くーちゃん、ボート嫌い？」

「よかったな。瞬は動物が好きだから、アヒルのやつに乗ろうな」

能天気な笑顔に、美邦は思わず苦笑いを浮かべた。

もしかするとさっきのは冗談でなく、ほんとに……ゲイのパートナーだということより、クレマチスの精霊だということを隠そうとしたんだと、思っているのかもしれない。

どうやら慎一は、今ひとつ自分の不用意な言動の影響をわかっていないらしい。

それに、あのボートはアヒルじゃなくて白鳥ですから……。

瞬が眠ったあとの、慎一とふたりのコーヒータイムは、将来カフェを持ったときの予行演習という名目《めいもく》で、変わらずつづいている。

一日の終わりに、大好きな人と過ごすひとときは、公園での家族デートと同じくらい、美邦にとっては大切な時間だった。

慎一のお気に入りは、リキュールやブランデー、ラム酒などを入れた大人のコーヒーだけれど、今夜はアルコールなしの甘いコーヒーを淹《い》れてみた。

ウクライナ地方のカフェ・ルシアン。コーヒーにチョコレートシロップを入れたカフェモカにホイップしたクリームを浮かべ、バニラアイスをトッピングする。

「彼《か》の地の冬景色そのものだな……」

耐熱《たいねつ》グラスの中の、きれいな茶色と白の層《そう》を見て、慎一はうっとりと言った。

慎一はウクライナへも民話や伝説を求めて旅したことがあり、ロシアとの国境近くの大地の、美しい雪原《せつげん》を思い出したのだという。

見たこともない国だけれど、慎一の話を聞いていると、まるで今、ふたりで旅をしているかのように、冷たい大地を覆《おお》う真っ白な雪の風景が目の前に浮かんでくる。

その昔、コーヒーが媚薬《びやく》として使われていたと教わってからは、ふたりのあいだにコーヒーの香りが漂《ただよ》うと、このときばかりは瞬のことを忘れ、すっかり恋人気分になってしまう。

キスしてほしいとか、ぎゅっとしてほしいとか……。

そう思った瞬間、夢から醒《さ》めたように、美邦は顔を上げた。

せっかくのいい雰囲気を壊したくはないけれど、今夜は聞いてほしいことがある。

美邦は小さく息をつき、慎一の顔を見た。

瞬が幼いあいだは『クレマチスの精だからナイショ』でかまわない。

でも、再来年《さらいねん》に小学校に上がる瞬には、これからどんどん新しい関係が増えてくる。家族のことを同級生に訊ねられたり、作文に書かされることだってある。

そんなとき、瞬はどう自分のことを人に伝えればいいんだろう。

これが女性ならば、二回目のお母さんとか、お父さんの新しい奥さんという立場になるけれど、男の自分の場合はどう説明すればいいんだろう。

慎一のようにパートナーだと言えば、仕事やスポーツの話でない限り、どういう意味なのかと訊き返される。もしくは、公園で会った学生たちのようなリアクションをされるに違いない。

カップの中のクリームをスプーンでかきまわしながら、美邦は慎一に、瞬の身に将来起きそうなあれこれについての不安を打ち明けた。

「ようするに……奥さんやお母さんに代わる言葉が必要だってことだな」

「え？」

話を聞き終えた慎一の、あまりに簡単な答えに、美邦はきょとんとなった。

冗談？　それともまじめに言ってる？

「慎さん……僕が話したことは、単に呼び方だけの問題じゃないんだよ」

思わず、怒ったような声が出た。

「いや、重大な問題だよ。今まで名前がなかったのがおかしいんだよ。これはじつにいいテーマだ」

どうやら、まじめに言っているらしい。

興味を持ってくれたのはいいけれど、なんだか違う方向に話が行ってしまいそうな予感。

「よし、みんなで新しい名前を考えよう」

嬉しそうに笑うと、慎一は美邦の肩を抱き寄せた。

やっぱり……。

美邦はがっくりし、けれど半分はほっとし、慎一の肩にもたれかかった。

いまひとつ話が通じてなくて、結局なにも解決していないのに、慎一のおおらかな受けとめ方に、悩みの半分が消えたような気分になった。

それはたぶん、心の深いところではいつも慎一を頼り、信頼しているからだと思う。

とは言うものの、全面的におまかせというわけにはいかない。今回の件に関してはとくに。

「カフェのみんなはいいけど……ゼミの学生に課題として出したりしちゃだめだからね」

美邦が念を押すようにつけ足すと、慎一はふっと笑った。

「出さないよ」

あっさり承諾しながら、どこか人を子供扱《あつか》いしてる表情《かお》。これもいつものこと。

ふたりの関係が深まったとしても、年の差は永遠に縮《ちぢ》まらない。

きっといくつになっても、自分は慎一のマイペースに焦《じ》れながら、最後はいつもこの腕の中で安心し、温かな毛布にくるまれたみたいな気持ちにさせられてしまうんだろう。

慎さん……。

目を閉じながら、美邦は胸の中で大好きな人の名をつぶやいた。

もっと早く慎一に相談すればよかった。

弟だなんて、自分が悲しくなる嘘をつく前に……。

2

冬が好きなのは、ホットドリンクや温かな料理を作れるから……。

でもそれは、受け取ってくれる相手がいてこその幸せ。

カフェのお客さまはもちろん、自分のことをありのままに受け入れてくれている、家族みたいなスタッフに食べてもらえることが、なによりも嬉《うれ》しく、ありがたい。

今日のまかないは、本日のランチのキノコたっぷりのピラフを使って、銀あんかけの和風オムライスにした。

作るのは簡単なのに、リッチな雰囲気に仕上がるのがポイントだ。

「もう、なにこれ……おいしいったらないじゃない。くーちゃんのまかない、片《かた》っ端《ぱし》からうちのランチにしちゃおうかしら」

オムライスを頬張《ほおば》りながら、多喜《たき》は嬉しいのか悔しいのかわからない顔で唸《うな》った。

「ほんと、くーちゃんの料理は味も見た目も繊細《せんさい》だよな。料理って、やっぱり作る人間のキャラが出るんだよな。慎一《しんいち》がうらやましいよ」

コーヒーをテーブルに並べながら、温志《あつし》がしみじみと言うと、

「よく聞こえなかったから、もう一回言ってくれる？」

多喜はにっこりと微笑《ほほえ》み、温志を見た。

「いや、俺たちだけで食ってるのがもったいないって話だよ」

「そうは聞こえなかったけど」

こんどはじろりとにらみつける。

「聞こえてんじゃないか」

「聞こえてるから、言ったんでしょ」

「あっ、そうだ。こんなのどうっすか？」

不穏な空気を感じたのか、健介《けんすけ》があわてて割って入った。

ふたりの仲良しゲンカに慣れている健介は、仲裁《ちゅうさい》のタイミングを心得《こころえ》ている。そして、

「メニューに載せない裏メニュー。常連のお客さんだけがありつけるってやつ」

とっさにアドリブが出せるのは、演劇をしているからかもしれない。

うらやましい能力だ。健介がいないと、夫婦ゲンカが始まったとき、うまくとりなせずに困ることが多い。

「だめよ。うちのランチのコンセプトは家ごはんよ。誰もが家族みたいに同じものを食べるってところが重要なんだから」

けれど多喜は、健介のアイディアをぴしゃりと退《しりぞ》け、

「そう……でした」

健介は申し訳なさそうに首をすくめた。

そんなにおいしいと言ってもらえて、嬉しいけれど……。

「あの……そっちより、こっちのほう考えてもらえませんか？」

美邦《みくに》はおずおずと申し出た。

「あ……」

三人は、はっとしたように顔を見あわせた。

朝のミーティングの最後に、自分の不安に対して慎一が出してくれた提案のことを打ち明けると、三人は昼休みにみんなで考えようと言ってくれたのだった。

「そ、そうだったわね。あんまりおいしいから、すっかり忘れてたわ」

多喜が苦笑いを浮かべると、温志も同じような顔になった。

「だめじゃないすか。俺なんか、食いながらちゃんと考えてましたよ」

さすが健ちゃん。美邦は期待をこめ、健介の顔を見た。

「なによ。そんなのあるならさっさと言いなさいよ」

「まぁ、見ててくださいよ」

多喜に急《せ》かされた健介は、もったいぶるように人差し指を立て、空中になにかを描《えが》いた。

「嫁って文字の女ヘンを男にして、ヨメと読む。これで解決！」

健介は得意げに言ったが、ミーティングルームはしんと静まってしまった。

「あれ？　だめ？　いいと思ったんだけど……な？」

あははと、健介の空《むな》しい笑いが響き、

「……聞かなかったことにするわ」

多喜が仕切り直し、あらためて意見を出しあうことになった。

「人の意見をなかったことにしたんですから、多喜さんお願いしますよ」

健介がプレッシャーをかけると、多喜は「まかせてよ」と顎《あご》を上げた。

「くーちゃんは瞬《しゅん》にとっては、お母さんみたいな役割なのに、男の子だからお母さんって言えないっていうのが問題なんでしょ？　ようは親なんだってわかればいいんだから、慎さんがお父さんで、くーちゃんはパパって呼び分けたらどう？」

パパ？　美邦は目をぱちくりとさせた。

たしかにお母さんと言うより、そのほうが不自然ではないけれど……。

美邦が答えに困っていると、

「それじゃ、解決策になってないよ。お母さんがいなくてお父さんがふたりいるのはどうしてだって、それこそつっこまれるだろ」

温志が代わりに言ってくれた。

「だったら温志、いい解決案出しなさいよ。耳を揃《そろ》えて今すぐに」

多喜は借金取りみたいなことを言った。

「今までになかったいい名前を考えついても、人に通じなかったら意味ないしなぁ……」

温志は腕組みをし、首をかしげた。

「それってつまり、考えついてないってことですね？」

健介が小声で訊《き》くと、温志は首を傾けたままうなずいた。

「名前っていえば……くーちゃん、冬の新作ケーキの名前はどうしたのよ？」

多喜に振られ、美邦は「あっ」と声をあげた。

「す、すみません。まだ、ちょっと……」

「だめじゃない。こっちが先に頼んだんだから、早くしてよ」

多喜が怒りだし、昼休みはそこで終わってしまった。

でも……と、美邦はしみじみと思う。

いいアイディアが出ないのは、スタッフのみんなが自分と慎一の関係を特別視していないからなのだ。学生時代、家族にも友人にも言えなかったことを、ここではごく自然に受け入れてもらっている。

それがどんなにありがたいか、身に沁《し》みて感じているからこそ、願わずにはいられない。

瞬とこれから出会う人たちが、どうか自分と慎一のことで、瞬を傷つけませんようにと……。

「そうか……誰もいい名前、考えつかなかったか」

美邦が洗った皿を受け取ると、慎一は残念そうに言った。

なのに、顔はちっとも残念そうには見えない。どうでもいいと思っているに違いない。

「そういう慎さんは、なにか思いついた？」

決めつけるのはどうかと思い、一応訊いてみる。

「俺はやっぱり、くーちゃんはパートナーとしか言いようがないな。相棒《あいぼう》って言うとなんか仕事仲間みたいだし、相方だと漫才コンビになるし……」

真剣に悩んでくれているようだけれど、慎一の悩み方はいつもピントがズレている。

そういうところも、好きになった理由のひとつだけれど……。

「今、幸せなのに……そんな先のこと考えなきゃいけないのかな？」

やっぱり、なにも考えていなかったらしい。

美邦がしらっと見ると、

「瞬が作文書かなきゃいけない年頃になったときに、どう書きたいか本人に決めさせればいいんだよ」

慎一は無責任なことを言った。

「なにそれ……」

美邦は肩でため息をついた。

それほど遠い未来の話じゃない。現に自分は、保育園の先生や瞬の友達の親に対して、慎一の弟と説明しなくてはいけなかった。それなのに……。

「瞬のこと、守ってあげなくていいんですか？　僕と慎さんの関係は普通じゃないんだから、その責任、瞬に対してとらないと……」

美邦の話を遮《さえぎ》るように、慎一が小さなキスをしてきた。

「瞬のこと、そこまで考えてくれて嬉しいけど……俺はくーちゃんを、美人でやさしくて料理がうまい、最高のパートナーだってみんなに自慢したいんだよな」

「……」

美邦が黙ってしまうと、慎一はちょっと困ったような笑みを浮かべた。

「くーちゃんが幸せそうにしてるのが、瞬にとっても幸せなんだから」

前に温志にも、同じように言われたことがある。

それはわかってる。自分だって、好きな人には笑っていてほしい。

だけど……。

「自分ばっかりこんなに幸せで、いいのかなって……だから瞬のこと、幸せにしなきゃ罰《ばち》が当たると思うんだ」

美邦は、すがるように慎一を見た。

こんなふうに頼めば、わかってもらえるんじゃないかと思った。

「幸せになった人に罰を与えるなんて、神さまはいないよ」

けれど慎一は、あっさり美邦の訴《うった》えを却下《きゃっか》した。

「だったら……弁天《べんてん》さまがやきもち焼いて、ボートに乗ったカップル別れさせるっていうのはなんなわけ？」

「あれは罰じゃなくて、ジェラシーだろ」

「え、じゃあ、やっぱり……あの話はほんとなの？」

美邦が驚いた顔をすると、

「そういえば……あいつら結局、あのあと試してみたのかな」

慎一はするりと話をそらした。

どうしても、白黒つけるのは嫌らしい。

「もう、お手伝いはけっこうです。あっち行っててください」

美邦は不満げな声を出し、慎一の手から布巾《ふきん》を取り上げた。すると、

「くーちゃん、どうしたの？　怒ってるの？」

瞬がやってきて、美邦のエプロンの裾《すそ》を引っぱった。

ケンカをしていると思ったのか、心配そうに顔を見上げている。

「くーちゃん、保育園で俺の弟って言うのは嘘だから嫌になったんだってさ」

「え？」

慎一の言葉に、美邦は目を丸くした。

「クレマチスのくーちゃんだって言うわけにいかないし、ごはん作ってくれるけど、くーちゃんは瞬のお母さんでも俺の奥さんでもないし……ほんとは俺の弟でもないだろ？　くーちゃんって名前以外にも、お父さんとか奥さんとかそういう、瞬にとってどういう人かわかる名前が欲しいんだってさ」

「そう……なんだ」

瞬は納得し、少し同情のこもった目で美邦を見た。

五歳の子供に、そんなふうに見つめられ、どうしていいかわからない。

「今の世界にはぴったりくる名前がないから、多喜おばちゃんたちといっしょに考えてるんだけど、なかなかいいのがなくて……早く名前が欲しいって、拗《す》ねてるんだ」

「えっ、べつに拗ねてるわけじゃ……」

あわてて否定しようとしたが、

「くーちゃんって、可愛《かわい》いな」

「うん」

瞬がうなずくのを見て、美邦はあきらめ、苦笑いを浮かべた。

「ぼく、考えとくね。くーちゃんのもういっこの名前」

「う、うん。ありがとう」

戸惑いながら瞬に笑顔を返すと、慎一をちらりと見、軽くにらんだ。

五歳の子供に、そこまで話すことないのに……。

「ほら、動物園でいちばん長生きのゾウのハナ子さん、彼女にはアジアゾウっていう以外にも、エレファス・マキシムスって学名《なまえ》があるんだけど……いちばん大きなゾウって意味で、彼女がどんな生き物なのかわかるようになってるんだ」

にらんだ意味がわかったのか、慎一は瞬の好きな動物の話にすり替えた。

「ヤギさんには？　ヤギさんにも、もうひとつ名前ある？」

「もちろんあるさ。ぜんぶの動物にあるんだから」

「そっかぁ……ぜんぶあるんだ」

瞬が興味深そうな顔をしているので、怒るのはやめた。

慎一はときどき教育上よくない言動《げんどう》をするけれど、瞬は慎一の話が大好きで、いつも瞳をきらきらさせて聞いている。子供にあんな目をさせられるお父さんには、文句は言えない。

美邦はふっとため息をつき、その瞬間、思い出した。

「動物園といえば、こんどの休みに瞬と行く約束したんだけど、慎さんも行ける？」

「俺はいいけど……よく飽《あ》きないね、君たちは」

慎一は呆《あき》れたように笑った。

「年間パスポート買っちゃったから、しっかり使わないとね」

美邦が同意を求めると、瞬は「ねー」と嬉しそうに答えた。

「なるほど」

慎一は目を細めて笑った。

仕事の話になると理屈っぽいところがあるけれど、ふだんの慎一の受け答えは、わかっているのかどうか心配になるくらいに簡単で……その声はひたすらやさしい。

こんなにも幸せなのに、まだ起きてもいない出来事を心配し、問題にしている自分のことも、慎一は胸の内では面白がっているのかもしれない。

新しい名前だって、思いつかなかったんじゃなく、最初から考えてもいなかったんじゃないかと思う。

なにせ、子供に読ませる絵本のラストシーンを白紙にして渡す人だから……。

でも、それくらいおおらかな人のほうが、つまらない悩みにも深く入り込んでしまう自分にはちょうどいいのかもしれない。

井《い》の頭《かしら》文化園の動物園には、童謡《うた》に出てくるような白ヤギと黒ヤギがいて、彼らは瞬と美邦のお気に入りだった。

その不思議な魅力に、柵《さく》に張りつき、ついつい見入ってしまう。

「もともとああいう顔なんじゃなくて……絶対に微笑んでくれてるよね」

美邦が笑いを堪《こら》えながら言うと、

「微笑んでるな。ものすごく」

隣で慎一も、笑いそうな声で同意する。

この白ヤギは、いつ見てもほんとにいい顔をしている。

目尻を下げて口角《こうかく》を上げた、絵に描いたようなにっこり笑顔。性格のよさがにじみ出しているような、どんな気分の人にも微笑みを起こさせ、楽しくさせる最強の癒《いや》し笑顔なのだ。

「瞬、にっこりヤギさん描く？」

美邦は笑いながら右隣にいる瞬に声をかけた。

「あれ？」

今まで隣にいたのに、姿が見えない。

「瞬？」

慎一の側《がわ》に行ったのかと目をやるが、やっぱりいない。

あわてて辺りを見回したが、後ろのヤクシカやニホンカモシカのエリアにも見当たらない。

「慎さん、どうしよう。瞬がいなくなっちゃった」

美邦が泣きそうになりながら言うと、

「いなくなった？　そりゃ、神隠《かみかく》しだな」

慎一は真剣な顔で言った。

「冗談言ってる場合じゃないよ」

美邦は怒った声を出し、慎一の腕をつかんだ。

「いなくなったんじゃなくて、どこかその辺に行っただけだろ？　瞬は消えたりしないよ」

「……」

美邦は慎一の腕から手を離した。

消えたりしないことくらい、わかってる。でも、今までここにいたのに急に姿が見えなくなったら、心配しないほうがおかしい。

「慎さんはわかってないんだよ。最近は小さな子供を連れてったり……」

そのつづきを口にするのもこわくて、美邦は訴えるように慎一を見上げた。

「なにが可笑《おか》しいの？」

口元に笑みを浮かべている慎一に、美邦は本気で腹が立ってきた。

「くーちゃんのほうが、迷子みたいな顔してるから」

慎一は美邦の髪をくしゃりとした。小さな子供を窘《たしな》めるような仕草に、美邦はその手を軽く払った。

けれど慎一は表情ひとつ変えず、

「とりあえず落ち着いて。迷子になったときは、その場でじっと待つ。それが鉄則《てっそく》だろ？」

のんびりと手すりにもたれかかった。

「迷子になったのは瞬だよ。僕らじゃない」

「そんなに気になるんなら、くーちゃん捜しておいでよ。俺はここで瞬が戻ってくるの待ってる。いてやらないと、戻ってきたとき困るから」

「そうだけど……慎さん、ほんとに心配じゃないの？」

「する必要、ないと思うけど」

肩をすくめる慎一に、美邦はその場から駆けだした。

が、すぐに瞬の姿が視界に入った。

知らない子供と手をつなぎ、こっちに向かって歩いてくる。

「瞬っ」

美邦は駆け寄り、

「どうして勝手にどっか行っちゃうのっ」

瞬の腕をつかみ、激しく揺すった。

美邦が珍しく怒った声を出したので、瞬は目を丸くしている。

「ぼくどこにも行ってないよ。ずっと動物園にいたよ」

「……」

瞬の言葉に、美邦はへなへなと地面にしゃがみ込んだ。

やっぱり……瞬は慎一の子だ。

慎一が妻に逃げられた理由を教えてくれたとき、自分をカエルに喩《たと》えて話してくれたことがあったけれど、ほんとに……カエルの子はカエルだったんだ。

「……よかった」

小さな身体を抱きしめると、

「くーちゃん、あっくんだよ。お母さんとお父さんと来たんだって」

瞬が紹介してくれた。

「こんにちは」

頭の上で挨拶《あいさつ》をする声に、美邦は急いで顔を起こす。

にこにこして立っているのは、瞬より一、二歳上に見える少年だった。

「瞬のお友達？　保育園の……？」

美邦が不思議に思って訊ねると、

「あっくんはもう小学校だよ。保育園は終わっちゃったから」

どうやら、あっくんは去年まで同じ保育園に通っていたらしい。

この子の姿を見つけ、瞬は嬉しくなって駆けだしていったのに違いない。

「瞬のお父さん？　すごく若いね」

あっくんに言われ、美邦はちょっと驚いた。お父さんに間違えられたのは初めてだった。

「僕はお父さんじゃなくて……」

言いかけて、美邦は言葉に詰《つ》まり、どう答えようかと迷った。

新案が決定する前に、心配していたことが起きてしまった。

「くーちゃんだよ」

瞬が代わりに答えてくれたけれど、

「くーちゃんって？　瞬のなに？」

さすがに小学生だけあって、しっかり訊き返してくる。

瞬はどう答えるんだろう。花の精霊は小学生にはきっと通じない。弟と言うのはやめることになったし……。

どうフォローしようかと思うほど、なにも出てこない。

美邦がなすすべもなく見守っていると、

「僕の、大好きな人だよ」

瞬がはっきりとした声で言った。

美邦は驚き、目を瞠《みは》った。

もしかしてそれは……動物園のハナ子さんがいちばん大きなゾウという意味みたいな、どんな生き物かわかる名前ってこと……？

「折り紙と歌と、ごはんとおやつ作るのがすっごくじょうずなんだよ」

瞬はさらに、美邦がなにをしている人なのかを説明した。

「そっか……うちのお母さんみたいな人なんだ」

瞬の言葉を、あっくんはそのままに受けとめてくれた。

「うん、あっくんのお母さんみたいにやさしいよ。だから、お父さんもくーちゃんのこと大好きで、お店のおじちゃんもおばちゃんも、おにいちゃんも、ぶーもふーも、みんなくーちゃんのこと大好きなんだよ」

瞬は瞳をきらきらさせながら言った。

大好きな人。

瞬に言葉をかけようと思うのに……胸がいっぱいで、なにも言えなくなってしまった。

そんなふうに言ってくれるなんて、思ってもいなかった。

そんな答えでいいなんて……知らなかった。

美邦は、堪えきれず涙ぐんだ。

居場所のない自分を拾ってくれたのは慎一だった。そして、その場所に、こんどは瞬が名前をつけてくれた。

「くーちゃん、どうして泣いてるの？　どこか痛いの？」

瞬が心配そうに見上げているので、そうじゃないと言おうとしたけれど……やっぱり言葉にならなかった。

「くーちゃんは、嬉しいから泣いてるんだよ」

ふいに慎一の声がして、美邦の代わりに答えてくれた。

「どうして？　うれしいのに泣くの？」

瞬は首をかしげ、慎一の顔を見た。

「大人はね、嬉しくても涙が出ることがあるんだよ」

慎一が答えると、

「うちのお母さんも、嬉しくても泣くよ」

そばで見ていたあっくんが言った。

「じゃあ、よかった」

ほっとした笑顔で、瞬が手を握ってくる。

「……ありがとう」

美邦はやっと答え、瞬の手を握り返した。

慎一がそっと髪をなでるのがわかった。

子供にするみたいだったけれど……もう嫌じゃない。

小さな手の温《ぬく》もりと、やさしい手の感触。ささやかな幸せの証拠のように、頬にまたひとつ涙がこぼれた。

「育つまでなんて言わず、さっさと本人に訊けばよかったんだな……」

ふいに慎一の声がし、美邦は目を開けた。

シーツの上には、淡い月の光。互いを分かちあったあとの、心地よい疲れに身をまかせ、ついうとうとしていたらしい。

なにか言った？　横たわったまま、慎一の顔を見つめると、

「あとから生まれてきた連中の言うことには、ときどきはっとさせられるな」

美邦の髪をなでながら、笑った。

瞬と、動物園で会ったあっくんのことを言っているらしい。

無邪気《むじゃき》な瞬の言葉に、やさしいあっくんが合わせてくれたのかと思っていたけれど……彼は、少しも不思議そうな顔をしていなかった。

「あれはやつらが幼いからじゃなくて、俺たちが縛《しば》られているものを持たずに生まれてきた世代なんだよ、きっと」

そうなのかもしれない。

聞き慣れない考えなのに、今日は頭にも心にも慎一の言葉がすっと流れてくる。

慎一に言わせると、次世代に生まれてくる魂《たましい》には、自分たちとは違う使命があって、彼らの心には新しい風が吹いているらしい。

考えてみれば、もしそうでなかったら、世界は今も昔も変わらないままだったに違いない。瞬が大人になったとき、その風が今よりずっと軽《かろ》やかな世界をもたらしてくれている。願うのではなく、そうだと信じることにした。

瞬の出会う人たちのすべてが、どうして瞬を傷つけるなんて思ったんだろう。そんなふうに決めつけるのはもうやめよう。

そして瞬のことを、守らなくてはいけない弱い存在と思うのではなく、自分よりもずっとしなやかで強い魂なんだと思って、見守っていよう。

「慎さん、もう一度抱いてくれる？」

今まで口にしたことのない言葉を、言ってみた。

もしかしたら驚くかもと思ったけれど、

「いいよ」

慎一はいつもの笑顔で答え、美邦をそっと引き寄せた。

窓の外にはレモンアイスの月。

広い背中に腕をまわしながら目を閉じれば……大好きな、やさしいキスが落ちてくる。

3

「どうして僕たちが試さなきゃいけないの？」

井《い》の頭《かしら》公園のボートにむりやり同乗させられ、美邦《みくに》は思いっきり不満顔をしていた。

瞬《しゅん》を温志《あつし》と多喜《たき》に預けてまでデートをしようと言ったのは、こういうわけだったらしい。

「それに、真実を暴《あば》くのは美しくないとかなんとか……あれはなんだったわけ？」

美邦が疑問をぶつけると、

「こわいんだ？」

慎一《しんいち》は美邦の質問をかわし、オールを漕《こ》ぎながら笑った。

「べ、べつに……信じてるわけじゃないし」

こわいと言うのが悔しくて、美邦はなんでもないふりをした。

「ていうか、寒空《さむぞら》にボートなんて、そっちが信じられない」

素敵なところへ案内すると言うから楽しみにしていたのに、いつもの散歩コースの井の頭公園で、しかもこの状況……。

吐く息は白く、空は灰色の雲に覆《おお》われている。

ボートに乗っているもの好きは、自分たち以外にはほんの数組。冷たい池で楽しんでいるのは、ほとんどが水鳥《みずどり》たちだった。

ひんやりとした空気は心地《ここち》よくもあるけれど、冬の水辺《みずべ》はやっぱり冷える。

慎一は自然の中を歩く散歩デートが好きなので、いつもどおりにステンレスのポットを持ってきて正解だった。

ボートが池の真ん中まで来ると、美邦は紙コップにココアを注《そそ》ぎ、慎一に差し出した。

「真冬のボートで熱いココア……いいねぇ」

立ち昇る白い湯気《ゆげ》を見て、慎一がしみじみと言った。

能天気な笑顔に、美邦はこっそりため息をつく。

もし都市伝説が本当だったら、どうするつもりなんだろう。別れてもいいと思ってる？

そんなわけはない。と思いたいけれど……。

「そういえば、こないだくーちゃんが飲ませてくれたミントココア。あれって、意味があっていれてくれたんだよな？」

関係ない話を振られ、美邦はココアを注ぐ手を止めた。

「意味って……どういう意味？」

「ミントって名前は、ギリシャ神話に出てくる妖精《ニンフ》メンテからきてるんだけどさ……」

冥府《めいふ》の王ハデスが彼女に恋をして、それを知った妻のペルセポネが激しい嫉妬から、メンテを踏みつけ、誰にも顧《かえり》みられないように雑草に変えてしまった。けれどメンテは、ただの草ではなく、きれいな形の葉とすばらしい香りを持つ草となり、いつまでもハデスの神殿の庭で咲き誇り、悲しむハデスの心を癒《いや》しつづけたのだという。

「……そんなわけで、パートナーや恋人にミントを添《そ》えてなにかを贈ると、よそ見をしないで私だけを見てくださいってメッセージになるんだよ」

言いながら、慎一はにやりと笑った。

「えっ、ち、違うよ。そんなつもりで出したんじゃないよ」

美邦はあわてて否定した。

「なんだ、違うんだ」

「だって、そんな話……今初めて聞いたんだから」

「たしかに……そんなメッセージ送らなくても、俺はくーちゃんしか見てないもんな」

「……」

寒いはずなのに、顔が熱くなってくる。

動揺している自分をどうしていいかわからず、

「ミントになった妖精の話で口説《くど》こうなんて……慎さんには似合わないよ」

そんなふうに返すのが精一杯だった。

瞬のいないデートというのは、思ったよりも気恥ずかしく、なんだかどきどきしてきた。

「べつに口説いたつもりはないんだけどな……授業でも同じ話したことあるけど、そんなふうに誰も思ってなかったぞ」

「……」

面白い話があると人に聞かせたい。慎一はそう思っただけだったのに、勝手に違う解釈をしてしまったらしい。

いちいち慎一の言葉を真に受けて、どきどきするのはやめたほうがいいかもしれない。と思ったとたん、よけいに胸の鼓動《こどう》を意識してしまう。

落ち着かなくちゃと、美邦はあわてて自分のぶんのココアを注いだ。

やっぱりデートには、瞬を連れてこなきゃいけない。

何歳くらいまでつきあってくれるか、わからないけれど……。

美邦がなにも言えず、ココアの湯気を吹いていると、ひらりと白いものが落ちてきた。

「寒いはずだよ。降ってきちゃったよ……」

顔を上げるきっかけができ、ほっとする。

「寒いけど……ごらんよ。枯《か》れ木《き》に花が咲いてく」

やさしい声に誘われて、美邦は池の周りの桜の群《む》れに目をやった。

ふわふわしている自分の気分が、そのまま絵になったみたいな光景に、静かに時の流れが止まっている。

こんな天気の日にボート……たしかに、悪くはないかもしれない。

音もなく舞い落ちてくる粉雪が、白い湯気に溶けながら、紙コップの中へと消えてゆく。

ただのココアが、なにかとくべつな飲みもののように思えてしまう。

「あのさ……こんど店に出すことになったシフォンケーキ、女性に喜ばれそうな名前つけてって多喜さんに言われたんだけど……」

「なにか思いついたのか？」

慎一の言葉に、美邦は小さくうなずいた。

「ココアシフォンに真っ白な粉糖《ふんとう》をふりかけて、粉雪シフォンってどうかな」

「いいね。うまそうで、食欲をそそる」

そういう感想？　美邦はきゅっと眉を寄せた。

「そそらなきゃいけないのは、女性客のハートなんだけど」

「うまいメシやケーキのあるカフェに来る女性は、ハートなんかじゃなく、食欲を満たすために来るんじゃないのか？」

「……」

目的はそれだけじゃないと反論したかったのに……。

慎一は、くすぐったくなるようなロマンチックなことを平気で口にするかと思ったら、まじめな顔で気が抜けるほど惚《とぼ》けたことを言う。

どっちが本心なんだろうと思っていたけれど、今わかった。

そのどっちもが、慎一なんだと……。

「いい名前だと思うよ。くーちゃんの淹《い》れてくれる大人のコーヒーみたいに、季節の情景が目に浮かぶ」

「……」

こういう人なのだ。自分の大好きな、この人は。

年齢だけじゃなく、心もずっと大人で……そのくせ子供みたいなところもあるなんて、そんな人に敵《かな》うはずがない。

でも、負けっぱなしでいることも、自分には幸せなのかもしれない。

いつも負けてしまう自分を、こんなにも大事にしてくれる人はほかにはいない。

すっかり満たされた気分になり、美邦はゆっくりとココアを飲み干すと、ほっと息をついた。

その瞬間、今日ここに連れてこられた、あまり楽しくない目的を思い出す。

「……大丈夫かな」

美邦は不安げに、朱色の社《やしろ》の方角へ視線をやった。

今日は瞬がいないから、自分たちのことをカップルだと気づかれるかもしれない。

やきもち焼きで有名な、この公園の弁天《べんてん》さまに。

「大丈夫だよ」

慎一はあっさり答え、いきなり美邦のほうへやってきた。

「し、慎さん……なにす……あっ、危ないよっ」

ボートがわずかに傾《かし》ぎ、美邦はあわてて両手で縁《へり》をつかみ、手から落ちた空《から》の紙コップが足元に転がった。

「だいじょーぶ」

慎一は軽々とこっちへ移り、美邦の隣に腰を下ろした。

「……大丈夫じゃないよ、もう……」

美邦はどきどきいっている胸を押さえながら、空《あ》いている手で慎一の腕をつかんだ。

こういうどきどきは御免《ごめん》こうむりたい。

「お願いだから無茶しないで……雪空の下で水泳するなんて、絶対やだからね」

「俺だって、寒中水泳は苦手だよ」

慎一は楽しそうに笑った。

「もう……冗談じゃないんだからね」

「たとえ神さまが俺たちのことを引き離そうとしても、俺はくーちゃんの手を離さない」

「え……？」

美邦は目を丸くし、慎一を見つめた。

「な、なに？　やっぱりあの噂は、ほんとってこと？」

美邦が嚙《か》みそうになりながら訊くと、慎一はふっと目を細めた。

「俺にとって、くーちゃんはそういう存在だってこと」

「……」

突然の告白に、美邦はぽかんとなった。

手を離さないと言ったのも……。

「それが言いたくて、わざわざふたりでボートに乗りました。って言ったらどうする？」

どうするって、そんなの嬉しいに決まってる。それに……。

「もう……言ってるし」

美邦が照れ隠しににらむと、

「ほんとだ」

慎一は声をたてて笑った。

肩を抱かれ、美邦は素直に寄りかかる。

誰に見られてもかまわない。自分たちの関係は……。

大好きな人。

瞬が贈ってくれた、大きなプレゼント。これからもずっと宝物で、そして目的でもある。

大好きな人がただいっしょにいることに、理由なんていらない。そういう世界になっていっ

てほしい。

だからもう二度と、本当の自分を偽《いつわ》ったりしない。

それくらいしかできないけれど……小さなことじゃない気がする。

傍《かたわ》らの温もりと、囁くように空から降りてくる、白くやさしいものたち。

とりあえず、今夜の大人のコーヒータイムは、慎一にはちょっと似合わない、ハートを描いたカフェラテにしてみようと思う。

あとがき

松前侑里

今年最後のお仕事は、大好きな街を舞台にしたカフェ本です。

前回のペット本に引きつづき、またまたわんこが出てきます。公園散歩のときに出会ったフレンチブルドッグがあんまり可愛《かわい》くて、思わず登場させてしまいました。その子はふくふくと太った白い男の子で、名前が大福《だいふく》ちゃんというんです。なんて絶妙《ぜつみょう》なネーミングだろうと思い、私もお菓子の名前をわんこにつけちゃいました。何冊か本を読んでくださった方には、私が可愛い生き物とおいしいスイーツに目がないのがまるわかりですよね（笑）。

でも、私的に可愛い生き物の中には、ほかの方には可愛いと思えないものも含まれているかもしれません。イモムシやカメ、トカゲ、カエルなど、女性は苦手な人が多いんじゃないかと思い、なるべく出さないようにしていますが……これがまた可愛いのです。

ここ数年とくに愛着《あいちゃく》を感じているのが、夏になると庭に現れて、豆腐《とうふ》ケースのプールに毎夜入りに来るガマガエルです。太っちょなのでケースにきつきつになってしまい、寛《くつろ》げるようにとゆったりめの苺《いちご》ケースを並べて置いてみたのですが、身体にぴったりフィットする豆腐ケースのほうがお好みのようで、何度試《ため》しても苺ケースには入りませんでした。

カエルが好みのプールを愛用したり、貢《みつ》ぎ物《もの》のごはんを食べたり……毎晩通《かよ》ってくるのが愛《いと》しくて、そのうちガマティと呼ぶようになりました。すっかり涼しくなって、ガマティのお渡りはなくなりましたが、また来年の夏、元気な姿を見せてくれるのが楽しみです。

ガマガエルにハマるなんて……と思われるかもしれませんが、カエル好きの女性って意外にいるんですよ。妹の職場の友人は、いつもミニ図鑑《ずかん》を持ち歩いているほどの爬《は》虫類《ちゅうるい》好きで、妹が友人関係に写メールでガマティの画像を配って顰蹙《ひんしゅく》を買うなか、ただひとり彼女だけがその可愛さを絶賛《ぜっさん》し、ガマティを待ち受け画面にしてくれたのでした。

もうひとり、ガマといって忘れてはいけないのが我が家のお隣《となり》さんです。ある日ふと、お隣の生垣《いけがき》を見ると貼り紙がされていて、『ガマガエル保護しています』という文字といっしょにガマの写真が……。それはたぶん迷子のペットではなく、ただ庭に入ってきただけの野生のガマでは？　と思いながら、お隣さんの心やさしい行為に、なにも言えませんでした。

ほんとに面白……いえ、生き物好きのお隣さんで、なかでもいちばん笑えたエピソードは、散歩から戻った犬にくっついていた巨大な犬ダニを、新種の昆虫かもしれないと大切にお菓子箱に入れて保護していたことでした。エサにと与えられた巨峰《きょほう》の果汁にまみれて、迷惑そうにしていた犬ダニの姿が今でも忘れられません（笑）。

最初はまさかダニとは知らず、ころんと丸くて愛らしい姿に、思わず手のひらにのせてしまった私ですが、あれって人間が刺《さ》されても危険なんですよね。ネットで調べてびっくりしました。今思うと、人さまのことを笑える立場じゃなかったという……。皆さまも、見慣れない虫にはむやみに手を出さないように、くれぐれも気をつけましょう。ちなみに、ガマガエルには毒があるので、眺めて楽しむだけにしてくださいね。

はっ、今回の話に関係あるのは犬だったのに……ガマとダニの話になってしまいました。

そうそう、この本のカバーは、帯《おび》をはずすとフレンチブルドッグの兄弟が出てきます。ごらんになっていただくと、ふんわり幸せ気分になれますので、お口直しにぜひ。

金《かね》ひかる先生、可愛いわんこと子供、そして美人の主人公と素敵なお相手を描いてくださり、本当にありがとうございました。やさしくて雰囲気のある、金先生の絵が大好きです。また機会がありましたら、お仕事ごいっしょさせていただきたいです。

いつも丁寧《ていねい》に原稿を読んでくださる担当さまをはじめ、新書館の皆さま、今年も一年、本当にお世話になりました。来年もどうぞよろしくお願いいたします。

つぎの本は来年の二月、桜が咲いたり散ったり……デートはしても恋人にはならない、高校の先生と生徒の恋のお話でお目にかかれる予定です。

これから寒くなりますので、どうぞ温かくしてお過ごしください。私は、ふくふくにゃんこ(体重9キロの茶トラ♂)と、生姜《しょうが》はちみつティーで乗り切ろうと思います。

楽しくおいしい年末年始を。新しい年に、また元気に再会できますように……。

D E A R + N O V E L

もしも僕が愛ならば《もしもぼくがあいならば》

もしも僕が愛ならば

この本を読んでのご意見、ご感想などをお寄せください。
松前侑里先生・金ひかる先生へのはげましのおたよりもお待ちしております。
〒113-0024 東京都文京区西片2-19-18 新書館
[編集部へのご意見・ご感想] ディアプラス編集部「もしも僕が愛ならば」係
[先生方へのおたより] ディアプラス編集部気付 ○○先生

初出
もしも僕が愛ならば:小説DEAR+ 07年アキ号(Vol.27)
ココアに粉雪:書き下ろし

新書館ディアプラス文庫

著者:松前侑里[まつまえ・ゆり]
初版発行:2008年12月25日

発行所:株式会社新書館
[編集] 〒113-0024 東京都文京区西片2-19-18 電話(03)3811-2631
[営業] 〒174-0043 東京都板橋区坂下1-22-14 電話(03)5970-3840
[URL] http://www.shinshokan.co.jp/
印刷・製本:図書印刷株式会社

定価はカバーに表示してあります。乱丁・落丁本はお取替えいたします。
ISBN978-4-403-52204-8

S H I N S H O K A N

＜ディアプラス小説大賞＞
募集中！

トップ賞は必ず掲載!!

賞と賞金

大賞・30万円
佳作・10万円

内容

ボーイズラブをテーマとした、ストーリー中心のエンターテインメント小説。ただし、商業誌未発表の作品に限ります。

・第四次選考通過以上の希望者には批評文をお送りしています。詳しくは発表号をご覧ください。なお応募作品の出版権、上映などの諸権利が生じた場合その優先権は新書館が所持いたします。
・応募封筒の裏に、**【タイトル、ページ数、ペンネーム、住所、氏名、年齢、性別、電話番号、作品のテーマ、投稿歴、好きな作家、学校名または勤務先】**を明記した紙を貼って送ってください。

ページ数

400字詰め原稿用紙100枚以内（鉛筆書きは不可）。ワープロ原稿の場合は一枚20字×20行のタテ書きでお願いします。原稿にはノンブル（通し番号）をふり、右上をひもなどでとじてください。なお原稿には作品のあらすじを400字以内で必ず添付してください。
小説の応募作品は返却いたしません。必要な方はコピーをとってください。

しめきり

年2回　1月31日/7月31日（必着）

発表

1月31日締切分…小説ディアプラス・ナツ号（6月20日発売）誌上
7月31日締切分…小説ディアプラス・フユ号（12月20日発売）誌上
※各回のトップ賞作品は、発表号の翌号の小説ディアプラスに必ず掲載いたします。

あて先

〒113-0024　東京都文京区西片2-19-18
株式会社 新書館
ディアプラス チャレンジスクール〈小説部門〉係